文春文庫

コンビニ人間

村田沙耶香

文藝春秋

目次

コンビニ人間

コンビニエンスストアは、音で満ちている。客が入ってくるチャイムの音に、店内を流れる有線放送で新商品を宣伝するアイドルの声。店員の掛け声に、バーコードをスキャンする音。かごに物を入れる音、パンの袋が握られる音に、店内を歩き回るヒールの音。全てが混ざり合い、「コンビニの音」になって、私の鼓膜《こまく》にずっと触れている。

売り場のペットボトルが一つ売れ、代わりに奥にあるペットボトルがローラーで流れてくるカラララ、という小さい音に顔をあげる。冷えた飲み物を最後にとってレジに向かうお客が多いため、その音に反応して身体が勝手に動くのだ。ミネラルウォーターを手に持った女性客がまだレジに行かずにデザートを物色《ぶっしょく》しているのを確認すると、手元に視線を戻す。

店内に散らばっている無数の音たちから情報を拾いながら、私の身体は納品されたばかりのおにぎりを並べている。朝のこの時間、売れるのはおにぎり、サンドイッチ、サラダだ。向こうではアルバイトの菅原さんが小さなスキャナーで検品している。私は機械が作った清潔な食べ物を整然と並べていく。新商品の明太子チーズは真ん中に二列に、その横にはお店で一番売れているツナマヨネーズを二列に、あまり売れないおかかのおにぎりは端っこだ。スピードが勝負なので、頭はほとんど使わず、私の中に染《し》みこんでいるルールが肉体に指示を出している。

チャリ、という微《かす》かな小銭の音に反応して振り向き、レジのほうへと視線をやる。掌《てのひら》やポケットの中で小銭を鳴らしている人は、煙草《たばこ》か新聞をさっと買って帰ろうとしている人が多いので、お金の音には敏感だ。案の定、缶コーヒーを片手に持ち、もう片方の手をポケットに突っ込んだままレジに近付いている男性がいた。素早く店内を移動してレジカウンターの中に身体をすべりこませ、客を待たせないように中に立って待機する。

「いらっしゃいませ、おはようございます！」

軽い会釈《えしやく》をして、男性客が差し出した缶コーヒーを受け取る。

「あー、あと煙草の5番を一つ」

すばやくマルボロライトメンソールを抜き取り、レジでスキャンする。

「年齢確認のタッチをお願いします」

画面をタッチしながら、男性の目線がファーストフードが並んだショーケースにすっと移ったのを見て、指の動きを止める。「何かおとりしますか？」と声をかけてもいいが、客が買うかどうか悩んでいるように見えるときは、一歩引いて待つことにしている。

「それと、アメリカンドッグ」

「かしこまりました。ありがとうございます」

手をアルコールで消毒し、ケースをあけてアメリカンドッグを包む。

「冷たいお飲物と、温かいものは分けて袋にお入れしますか？」

「ああ、いい、いい。一緒に入れて」

缶コーヒーと煙草とアメリカンドッグを手早くSサイズの袋に入れる。その間、ポケットの中の小銭を鳴らしていた男性が、ふと思いついたように胸ポケットに手を入れる。その仕草から、電子マネーで支払いをするのだなと咄嗟《とっさ》に判断する。

「支払い、スイカで」

「かしこまりました」

「かしこまりました。そちらにスイカのタッチをお願いします」

客の細かい仕草や視線を自動的に読み取って、身体は反射的に動く。耳と目は客の小さな動きや意思をキャッチする大切なセンサーになる。必要以上に観察して不快にさせてしまわないよう細心の注意を払いながら、キャッチした情報に従って素早く手を動かす。

「こちらレシートです。ありがとうございました！」

レシートを渡すと、「どうも」と小さく礼を言って男性が去って行った。

「お待たせいたしました。いらっしゃいませ、おはようございます」

私は次に並んでいた女性客に会釈をする。朝という時間が、この小さな光の箱の中で、正常に動いているのを感じる。

指紋がないように磨《みが》かれたガラスの外では、忙しく歩く人たちの姿が見える。一日の始まり。世界が目を覚まし、世の中の歯車が回転し始める時間。その歯車の一つになって廻《まわ》り続けている自分。私は世界の部品になって、この「朝」という時間の中で回転し続けている。

再びおにぎりを並べに走ろうとした私に、バイトリーダーの泉さんが声をかける。

「古倉《ふるくら》さん、そっちのレジ、五千円札何枚残ってるー？」

「あ、二枚しかないです」

「えーやばいな、なんだか今日、万券多いねー。裏の金庫にもあんまりないし、朝ピークと納品落ち着いたら、午前中に銀行行ってこようかな」

「ありがとうございます！」

　夜勤が足りないせいでこのところ店長は夜勤にまわっており、昼の間は私と同世代のパートの女性の泉さんが社員のようになって、店をまわしている。

「じゃあ、10時ごろちょっと両替行くねー。あ、それと、今日、予約のいなりずしがあるから、お客様が来たら対応よろしくね」

「はい！」

　時計を見ると9時半をまわっている。そろそろ朝ピークも収まり、納品を手早く済ませて昼ピークの準備をしなければならない時間だ。私は背筋を伸ばし、再び売り場に戻っておにぎりを並べ始めた。

　コンビニ店員として生まれる前のことは、どこかおぼろげで、鮮明には思いだせない。

　郊外の住宅地で育った私は、普通の家に生まれ、普通に愛されて育った。けれど、私は少し奇妙がられる子供だった。

例えば幼稚園のころ、公園で小鳥が死んでいたことがある。どこかで飼われていたと思われる、青い綺麗《きれい》な小鳥だった。ぐにゃりと首を曲げて目を閉じている小鳥を囲んで、他の子供たちは泣いていた。「どうしようか……？」一人の女の子が言うのと同時に、私は素早く小鳥を掌の上に乗せて、ベンチで雑談している母の所へ持って行った。

「どうしたの、恵子？　ああ、小鳥さん……！　どこから飛んできたんだろう……かわいそうだね。お墓作ってあげようか」

私の頭を撫《な》でて優しく言った母に、私は、「これ、食べよう」と言った。

「え？」

「お父さん、焼き鳥好きだから、今日、これを焼いて食べよう」

良く聞こえなかったのだろうかと、はっきりとした発音で繰り返すと、母はぎょっとし、隣にいた他の子のお母さんも驚いたのか、目と鼻の穴と口が一斉《いっせい》にがばりと開いた。変な顔だったので笑いそうになったが、その人が私の手元を凝視《ぎょうし》しているのを見て、そうか、一羽じゃ足りないなと思った。

「もっととってきたほうがいい？」

近くで二、三羽並んで歩いている雀《すずめ》にちらりと視線をやると、やっと我に返った母が、「恵子！」ととがめるような声で、必死に叫んだ。

「小鳥さんはね、お墓をつくって埋めてあげよう。ほら、皆も泣いてるよ。お友達が死んじゃって寂しいね。ね、かわいそうでしょう？」

「なんで？　せっかく死んでるのに」

私の疑問に、母は絶句した。

私は、父と母とまだ小さい妹が、喜んで小鳥を食べているところしか想像できなかった。父は焼き鳥が好きだし、私と妹は唐揚げが大好きだ。公園にはいっぱいいるからたくさんとってかえればいいのに、何で食べないで埋めてしまうのか、私にはわからなかった。

母は懸命に、「いい、小鳥さんは小さくて、かわいいでしょう？　あっちでお墓を作って、皆でお花をお供《そな》えしてあげようね」と言い、結局その通りになったが、私には理解できなかった。皆口をそろえて小鳥がかわいそうだと言いながら、泣きじゃくってその辺の花の茎を引きちぎって殺している。「綺麗なお花。きっと小鳥さんも喜ぶよ」などと言っている光景が頭がおかしいように見えた。

小鳥は、「立ち入り禁止」と書かれた柵《さく》の中に穴を掘って埋められ、誰かがゴミ箱から拾ってきたアイスの棒が土の上に刺されて、花の死体が大量に供えられた。

「ほら、ね、恵子、悲しいね、かわいそうだね」と母は何度も私に言い聞かせるように囁《ささや》いたが、私は少しもそうは思わなかった。

こういうことが何度もあった。小学校に入ったばかりの時、体育の時間、男子が取っ組み合いのけんかをして騒ぎになったことがあった。

「誰か先生呼んできて！」

「誰か止めて！」

悲鳴があがり、そうか、止めるのか、と思った私は、そばにあった用具入れをあけ、中にあったスコップを取り出して暴れる男子のところに走って行き、その頭を殴った。

周囲は絶叫に包まれ、男子は頭を押さえてその場にすっ転んだ。頭を押さえたまま動きが止まったのを見て、もう一人の男子の活動も止めようと思い、そちらにもスコップを振り上げると、

「恵子ちゃん、やめて！　やめて！」

と女の子たちが泣きながら叫んだ。

走ってきて、惨状を見た先生たちは仰天《ぎょうてん》し、私に説明を求めた。

「止めろと言われたから、一番早そうな方法で止めました」

先生は戸惑《とまど》った様子で、暴力は駄目だとしどろもどろになった。

「でも、止めろって皆が言ってたんです。私はああすれば山崎くんと青木くんの動きが止まると思っただけです」

先生が何を怒っているのかわからなかった私はそう丁寧に説明し、職員会議になって母が呼ばれた。

なぜだか深刻な表情で、「すみません、すみません……」と先生に頭を下げている母を見て、自分のしたことはどうやらいけないことだったらしいと思ったが、それが何故なのかは、理解できなかった。

教室で女の先生がヒステリーを起こして教卓を出席簿で激しく叩きながらわめき散らし、皆が泣き始めたときもそうだった。

「先生、ごめんなさい！」

「やめて、先生！」

皆が悲壮な様子で止めてと言っても収まらないので、黙ってもらおうと思って先生に走り寄ってスカートとパンツを勢いよく下ろした。若い女の先生は仰天して泣きだして、静かになった。

隣のクラスの先生が走ってきて、事情を聞かれ、大人の女の人が服を脱がされて静かになっているのをテレビの映画で見たことがある、と説明すると、やっぱり職員会議になった。

「なんで、恵子にはわからないんだろうね……」

学校に呼び出された母が、帰り道、心細そうに呟《つぶや》いて、私を抱きしめた。自分はまた何か悪いことをしてしまったらしいが、どうしてなのかは、わからなかった。

父も母も、困惑してはいたものの、私を可愛がってくれた。父と母が悲しんだり、いろんな人に謝ったりしなくてはいけないのは本意ではないので、私は家の外では極力口を利かないことにした。皆の真似をするか、誰かの指示に従うか、どちらかにして、自ら動くのは一切やめた。

必要なこと以外の言葉は喋《しゃべ》らず、自分から行動しないようになった私を見て、大人はほっとしたようだった。

高学年になるにしたがって、あまりに静かなので、それはそれで問題になるようになった。でも、私にとっては黙ることが最善の方法で、生きていくための一番合理的な処世術だった。通知表に「もっとお友達を作って元気に外で遊ぼう！」と書かれても私は徹底して、必要事項以外のことを口にすることはなかった。

二つ年下の妹は、私と違って、「普通」の子どもだった。かといって私を敬遠するわけでもなく、むしろ慕《した》ってくれていた。妹が私と異なり普通のことで母に叱《しか》られているとき、母に私は近づいて「どうして怒っているの？」と理由を尋ねた。私が母に質問したせいでお説教が終わると、庇《かば》われたと思うのか、妹はいつも私に「ありがとう」と言った。お菓子や玩具《おもちゃ》にあまり興味がなかった私は、それらを妹にあげることも多かった。そのため、妹はいつも私についてまわっていた。

家族は私を大切に、愛してくれていて、だからこそ、いつも私のことを心配していた。

「どうすれば『治る』のかしらね」

母と父が相談しているのを聞き、自分は何かを修正しなければならないのだなあ、と思ったのを覚えている。父の車で遠くの街までカウンセリングに連れて行かれたこともある。真っ先に家に問題があるのではないかと疑われたが、銀行員の父は穏やかで真面目《まじめ》な人で、母は少し気弱だが優しく、妹も姉である私によく懐《なつ》いていた。

「とにかく、愛情を注いで、ゆっくり見守りましょう」と毒にも薬にもならないことを言われ、両親はそれでも懸命に私を大切に愛して育てた。

学校で友達はできなかったが、特に苛《いじ》められるわけでもなく、私はなんとか、余計なことを口にしないことに成功したまま、小学校、中学校と成長していった。

高校を卒業して大学生になっても、私は変わらなかった。基本的に休み時間は一人で過ごし、プライベートな会話はほとんどしなかった。小学校のころのようなトラブルは起きなかったが、そのままでは社会に出られないと、母も父も心配した。私は「治らなくては」と思いながら、どんどん大人になっていった。


スマイルマート日色町駅前店がオープンしたのは、1998年5月1日、私が大学一年生のときだった。

オープンする前、自分がこの店を見つけたときのことは、よく覚えている。大学に入ったばかりの頃、学校の行事で能を観に行き、友達がいなかった私は一人で帰るうちに道を間違えたらしく、いつの間にか見覚えのないオフィス街に迷い込んだのだった。

ふと気が付くと、人の気配がどこにもなかった。白くて綺麗なビルだらけの街は、画用紙で作った模型のような偽物《にせもの》じみた光景だった。

まるでゴーストタウンのような、ビルだけの世界。日曜の昼間、街には私以外誰の気配もなかった。

異世界に紛《まぎ》れ込んでしまったような感覚に襲われ、私は早足で地下鉄の駅を探して歩いた。やっと地下鉄の標識を見つけてほっと走り寄った先で、真っ白なオフィスビルの一階が透明の水槽のようになっているのを発見した。

「スマイルマート日色町駅前店ＯＰＥＮ！　オープニングスタッフ募集！」というポスターが透明のガラスに貼られているほかは、看板も何もなかった。ガラスの中をそっと覗くと、人も誰もおらず、工事の途中なのか、壁のあちこちにはビニールが貼りつけられていて、何も載っていない白い棚《たな》だけが並んでいた。このがらんどうの場所がコンビニエンスストアになるとは私には到底信じられなかった。

家からの仕送りは十分にあったが、アルバイトには興味があった。私はポスターの電話番号をメモして帰り、翌日に電話をかけた。簡単な面接が行われ、すぐに採用となった。

来週から研修だと言われ、指定された時間に店へ向かうと、そこは前に見たときよりも少しコンビニらしくなっていた。雑貨の棚だけが出来上がっており、文房具やハンカチなどが整然と並んでいた。

店の中には、私と同じように採用されたアルバイトたちが集まっていた。自分と同じ大学生くらいの女の子や、フリーター風の男の子に、少し年上の主婦と思われる女性、年齢も服装もバラバラの15人ほどのアルバイトが、ぎこちなく店内をうろついていた。

やがてトレーナーの社員が現れ、全員に制服が配られた。制服に袖を通し、服装チェックのポスターに従って身なりを整えた。髪が長い女性は縛《しば》り、時計やアクセサリーを外《はず》して列になると、さっきまでバラバラだった私たちが、急に「店員」らしくなった。

一番最初に練習したのは表情と挨拶《あいさつ》だった。笑顔のポスターを見ながら、その通りに口角をあげ、背筋を伸ばし、横に並んで一人ずつ「いらっしゃいませ！」と言わされた。トレーナーの男性社員が、一人ずつチェックしていき、声が小さかったり表情がぎこちない場合は「はい、もう一度！」と指示が飛ぶ。

「岡本さん、恥ずかしがらないでもっとにっこり！　相崎くん、もっと声出して！はいもう一度！　古倉さん、いいねいいね！　そうそう、その元気！」

私はバックルームで見せられた見本のビデオや、トレーナーの見せてくれるお手本の真似をするのが得意だった。今まで、誰も私に、「これが普通の表情で、声の出し方だよ」と教えてくれたことはなかった。

オープンまでの二週間、二人組になったり、社員を相手にしながら、架空《かくう》の客に向かって、ひたすら練習が続いた。「お客様」の目を見て微笑《ほほえ》んで一礼すること、生理用品は紙袋に入れること、温かい物は冷たい物と分けて入れること、ファーストフードを頼まれたら手をアルコールで消毒すること。お金に慣れるためにとレジの中には本物のお金が入っていたが、レシートには「トレーニング」と大きく印字されていたし、相手は同じ制服を着たアルバイト仲間だし、なんとなくお買いものごっこをしているようだった。

大学生、バンドをやっている男の子、フリーター、主婦、夜学の高校生、いろいろな人が、同じ制服を着て、均一な「店員」という生き物に作り直されていくのが面白かった。その日の研修が終わると、皆、制服を脱いで元の状態に戻った。他の生き物に着替えているようにも感じられた。

二週間の研修の後、ついに店がオープンする日になった。その日、私は朝から店にいた。白くて何もなかった棚には、所狭しと商品が並べられていた。社員の手によって隙間なく並べられたそれらは、どこか作り物めいて感じられた。

オープンの時間が来て、社員がドアをあけた瞬間、私は「本物だ」と思った。研修で想定していた架空の客ではなく、「本物」だ。いろいろな人がいる。オフィス街だからスーツや制服姿の客ばかりを頭に浮かべていたが、最初に入ってきたのは、皆で配った割引のチラシを持った、住民風の集団だった。最初の客は、年配の女性だった。つえをついた女性が一番に入り、おにぎりやお弁当の割引のクーポンを持った客が大勢、それに続いて店に流れ込んでくる光景を、私は呆然《ぼうぜん》と眺めていた。

「古倉さん、ほら、声出して！」

社員に言われ、私は我に返った。

「いらっしゃいませ！　本日、オープニングセール中です！　いかがでしょうか！」

店の中で行う「声かけ」も、実際に「お客様」がいる店内では、まったく違う響きで反響した。

「お客様」がこんなに音をたてる生き物だとは、私は知らなかった。反響する足音に、声、お菓子のパッケージをかごに放り込む音、冷たい飲み物が入っている扉をあける音。私は客の出す音に圧倒されながらも、負けじと、「いらっしゃいませ！」と繰り返し叫んだ。

まるで作り物ではないかと思うほど綺麗に並んでいた食べ物やお菓子の山が、「お客様」の手であっという間に崩されていく。どこか偽物じみていた店が、その手でどんどん生々《なまなま》しく姿を変えていくようだった。

最初にレジに来たのは、店に最初に足を踏み入れたのと同じ、上品そうな年配の女性だった。

私はマニュアルを反芻《はんすう》しながらレジに立っていた。女性はシュークリームとサンドイッチと、おにぎりがいくつか入ったかごをレジに置いた。

一人目の客がレジに来たことで、カウンターの中にいる店員の背筋がさらに伸びる。社員の注目を集めながら、私は研修で習った通りに、女性客に向かって一礼した。

「いらっしゃいませ！」

研修で見せられたビデオの女性と全く同じトーンで、私は声を出した。かごを受け取り、研修で習った通りにバーコードをスキャンし始めた。新人の私の横についている社員が、素早く商品を袋に入れていく。

「ここは朝、何時からやってるの？」

女性が訊《たず》ねた。

「ええと、今日は10時からです！　あの、これからはずっとやっています！」

研修で習っていない質問にまだうまく答えられない私を、社員が素早くフォローした。

「本日より、24時間営業でオープンしております。年中無休です。どうぞいつでもご利用ください！」

「あら、夜中もやってるの？　朝も？」

「はい」

私が頷《うなず》くと、女性は「便利ねえ。私はほら、腰が曲がって歩くのが大変だから。スーパーが遠くて困ってたのよ」と私に微笑みかけた。

「はい、これからは、24時間営業でオープンしております。どうぞいつでもご利用ください！」

横にいた社員の言葉をそのまま、私は繰り返した。

「すごいわねえ。店員さんも大変だわねえ」

「ありがとうございます！」

社員の真似をして、勢いよくお辞儀《じぎ》をした私に、女性は笑って「ありがとうね、またきます」と言い、レジから去って行った。

横で立って袋詰めをしていた社員が満足そうに頷いた。

「古倉さん、すごいね、完璧！　初めてのレジなのに落ち着いてたね！　その調子、その調子！　ほら、次のお客様！」

社員の声に前を向くと、かごにセールのおにぎりをたくさん入れた客が近づいてくるところだった。

「いらっしゃいませ！」

私はさっきと同じトーンで声をはりあげて会釈をし、かごを受け取った。

そのとき、私は、初めて、世界の部品になることができたのだった。私は、今、自分が生まれたと思った。世界の正常な部品としての私が、この日、確かに誕生したのだった。

私はたまに、電卓で、その日から過ぎた時間を数えてみることがある。スマイルマート日色町駅前店は一日も休むことなく、灯《あか》りを灯《とも》したまま回転し続けている。先日、お店は19回目の5月1日を迎え、あれから15万7８００時間が経過した。私は36歳になり、お店も、店員としての私も、18歳になった。あの日研修で一緒に学んだ店員は、もう一人も残っていない。店長も８人目だ。店の商品だって、あの日の物は一つも残っていない。けれど私は変わらず店員のままだ。

私がアルバイトを始めたとき、家族はとても喜んでくれた。

大学を出て、そのままアルバイトを続けると言ったときも、ほとんど世界と接点がなかった少し前の私に比べれば大変な成長だと、応援してくれた。

大学一年生のときは土日含めて週4日だったアルバイトに、今は週に5日通っている。いつも家に帰るとすぐに、狭い六畳半の敷きっぱなしの布団《ふとん》の上に身体を横たえる。

大学に入った時、私は実家を出て家賃の安い部屋を探して住み始めた。いつまでも就職をしないで、執拗《しつよう》といっていいほど同じ店でアルバイトをし続ける私に、家族はだんだんと不安になったようだが、そのころにはもう手遅れになっていた。

なぜコンビニエンスストアでないといけないのか、普通の就職先ではだめなのか、私にもわからなかった。ただ、完璧なマニュアルがあって、「店員」になることはできても、マニュアルの外ではどうすれば普通の人間になれるのか、やはりさっぱりわからないままなのだった。

両親は甘く、いつまでもアルバイトをしている私を見守ってくれている。申し訳なく思い、二十代のころ、一応就職活動をしてみたこともあるが、コンビニのバイトしかしていない私は、書類選考を通ることさえめったになく、面接にこぎつけても何故《なぜ》何年もアルバイトをしていたのかうまく説明できなかった。

毎日働いているせいか、夢の中でもコンビニのレジを打っていることがよくある。ああ、ポテトチップスの新商品の値札がついていないとか、ホットのお茶が沢山《たくさん》売れたので補充しなくては、などと思いながらはっと目が覚める。「いらっしゃいませ！」という自分の声で夜中に起きたこともある。

眠れない夜は、今も蠢《うごめ》いているあの透《す》き通ったガラスの箱のことを思う。清潔な水槽の中で、機械仕掛けのように、今もお店は動いている。その光景を思い浮かべていると、店内の音が鼓膜の内側に蘇《よみがえ》ってきて、安心して眠りにつくことができる。

朝になれば、また私は店員になり、世界の歯車になれる。そのことだけが、私を正常な人間にしているのだった。

朝の8時、私はスマイルマート日色町駅前店のドアを開ける。

仕事は9時からだが、早く来てバックルームで朝食を食べることにしている。店につくと、2リットルのペットボトルのミネラルウォーターを一本と、廃棄になってしまいそうなパンやサンドイッチを選んで買い、バックルームで食事をする。

バックルームには大きな画面があり、そこには防犯カメラの映像が映し出されている。夜勤に入ったばかりの、新人のベトナム人のダットくんが必死にレジを打っている様子や、慣れない彼をフォローしながら店長が走り回っている様子を眺めながら、何かあったら制服を着てバックルームの外へ走っていきレジを手伝おうと構えつつ、パンを飲み込む。

朝、こうしてコンビニのパンを食べて、昼ごはんは休憩中にコンビニのおにぎりとファーストフードを食べ、夜も、疲れているときはそのまま店のものを買って帰ることが多い。2リットルのペットボトルの水は、働いている間に半分ほど飲み終え、そのままエコバッグに入れて持ち帰り、夜までそれを飲んで過ごす。私の身体の殆《ほとん》どが、このコンビニの食料でできているのだと思うと、自分が、雑貨の棚やコーヒーマシーンと同じ、この店の一部であるかのように感じられる。

食事を終えると、天気予報を確認したり、店のデータを見たりする。天気予報は、コンビニにとってとても大切な情報源だ。昨日の気温との差も重要だ、今日は最高気温21度、最低気温14度。曇りのち、夕方からは雨の予定だ。気温よりも寒く感じられるだろう。

暑い日はサンドイッチが売れ、寒い日はおにぎりや中華まん、パンがよく売れる。カウンターフーズも気温によって売れるものが違う。日色町駅前店では寒い日はコロッケがよく売れる。ちょうどセールでもあるので、今日はコロッケをたくさん作ろうと、頭に叩《たた》きこむ。

そんなことをしている間に時間は過ぎ、店には少しずつ、私と同じ9時からアルバイトをする昼勤の人たちが集まってくる。

8時半を過ぎたころ「おはようございますー」というハスキーな声がして、ドアが開いた。バイトリーダーとして信頼がおかれている泉さんだ。私より一つ年上の37歳の主婦で、少し性格はきついが、きびきびとよく働く女性だ。少し派手な服装で現れ、ロッカーの前でヒールの靴をスニーカーに履《は》きかえている。

「古倉さん、今日も早いねー。あ、新商品のパンだ。それ、どう？」

私が手にしているマンゴーチョコレートのパンを目にした泉さんが言う。

「少しクリームに癖《くせ》があって、匂いが強くて食べにくいです。あんまり美味しくないですねー！」

「え、ほんと？　店長100個発注しちゃってるよ、やばいなー。とりあえず今日来たぶんだけでも売らないとねー」

「はい！」

アルバイトは圧倒的に学生かフリーターが多いので、自分と同世代の女性と働くことは珍しい。

泉さんは茶髪を纏《まと》め、紺色のカットソーの上から白いシャツを着て、水色のネクタイを締めた。日色町駅前店がオープンしたときにはこんなルールはなかったが、今のオーナーになってからは、必ず制服の下はシャツとネクタイと決まっている。

泉さんが鏡の前で服装を整えていると、「おはようございます！」と菅原さんが飛び込んできた。

菅原さんは24歳のアルバイトで、声が大きい明るい女の子だ。バンドのボーカルをやっているらしく、ベリーショートの髪を本当は赤くしたいのだとぼやいていた。少しぽっちゃりとしていて愛嬌があるが、泉さんが来る前は遅刻も多かったし、ピアスをつけたまま働いて店長によく叱られていた。泉さんがさばさばとした調子で上手に叱って教育したおかげで、今では菅原さんも、すっかり真面目で仕事に熱い店員だ。

昼勤は他に、ひょろりと背が高い大学生の岩木くんと、就職先が決まってもうすぐ辞めてしまうフリーターの雪下くんがいる。岩木くんも就活で来られない日が増えるというので、店長が夜勤から戻ってくるか、新しい人を昼勤でとるかしないと、店がまわらなくなってしまう。

今の「私」を形成しているのはほとんど私のそばにいる人たちだ。三割は泉さん、三割は菅原さん、二割は店長、残りは半年前に辞めた佐々木さんや一年前までリーダーだった岡崎くんのような、過去のほかの人たちから吸収したもので構成されている。

特に喋り方に関しては身近な人のものが伝染していて、今は泉さんと菅原さんをミックスさせたものが私の喋り方になっている。

大抵のひとはそうなのではないかと、私は思っている。前に菅原さんのバンド仲間がお店に顔を出したときは、女の子たちは菅原さんと同じような服装と喋り方だったし、佐々木さんは泉さんが入ってきてから、「お疲れさまです！」の言い方が泉さんとそっくりになっていた。泉さんと前の店で仲が良かったという主婦の女性がヘルプに来たときは、服装があまりに泉さんと似ているので間違えそうになったくらいだ。私の喋り方も、誰かに伝染しているのかもしれない。こうして伝染し合いながら、私たちは人間であることを保ち続けているのだと思う。

働く前の泉さんは少し派手だが三十代女性らしい服装をしているので、履いている靴の名前やロッカーの中のコートのタグを見て参考にしている。一度だけ、バックルームに置きっぱなしになっていたポーチの中を覗き、化粧品の名前とブランドもメモした。それをそのまま真似してはすぐにバレてしまうので、ブランド名で検索し、そこの服を着ている人がブログで紹介したり、どちらのストールを買おうかな、と名前をあげている他のブランドを着ることにしている。泉さんの服装や持っている小物、髪形などを見ていると、それが正しい三十代女性の見本のように思えてくる。

泉さんが、ふと、私の履いているバレエシューズに目を止める。

「あ、それ、表参道のお店の靴だよね。私もそこの靴、好きなのー。ブーツ持ってるよー」

泉さんは、バックルームでは少し語尾を伸ばしてだるそうに喋る。

ここの靴は泉さんがトイレに入っている隙に靴底のブランド名をメモして、お店に出向いて買ったものだ。

「えーっ、ほんとですか！　ひょっとして紺色のやつですよね。前にお店に履いてきてましたよね、あれ可愛かったです！」

菅原さんの喋り方をトレースし、少し語尾を大人向きに変えた口調で泉さんに答える。菅原さんはスタッカートのついたような、少し弾《はず》んだ喋り方をする。泉さんとは対照的な喋り方だが、二つを織り交ぜながら喋ると不思議とちょうどいい。

「古倉さんって私と趣味が合う気がするー。そのバッグもかわいいよねえ」

泉さんが微笑む。泉さんを見本にしているのだから趣味が合うのは当然でもある。周りからは私が年相応のバッグを持ち、失礼でも他人行儀でもないちょうどいい距離感の喋り方をする「人間」に見えているのだろう。

「泉さん、昨日店にいましたー？　ラーメンの在庫、ぐっちゃぐちゃなんですけどっ！」

ロッカーのほうで着替えていた菅原さんが大声を出した。泉さんがそちらを振り向いて声をかける。

「いたよー。昼間は大丈夫だったんだけど、夜勤の子が、また無断欠勤だったの。だから新人のダット君が入ってるでしょ」

制服のチャックをあげながらこちらへ来た菅原さんが顔をしかめる。

「えー、またバックレですかあ。今人手不足なのに、信じられない！　だから店、ガタガタなんですねっ。パック飲料ぜんぜん出てないじゃないですか、朝ピークなのに！」

「そうそう。最悪だよねー。店長、やっぱり今週から夜勤にまわるって。今、新人さんしかいないもんね」

「昼勤だって就活で岩木くん抜けるのに！　ほんと、困りますよね！　辞めるなら辞めるで、前もって言ってくれないと、結局しわ寄せが他のバイトに来るだけじゃないですかー！」

　二人が感情豊かに会話をしているのを聞いてると、少し焦《あせ》りが生まれる。私の身体の中に、怒りという感情はほとんどない。人が減って困ったなあと思うだけだ。私は菅原さんの表情を盗み見て、トレーニングのときにそうしたように、顔の同じ場所の筋肉を動かして喋ってみた。

「えー、またバックレですかあ。今人手不足なのに、信じられないです！」

　菅原さんの言葉を繰り返す私に、泉さんが時計と指輪を外しながら笑った。

「はは、古倉さんめっちゃ怒ってる！　そうだよねー、ほんとあり得ないよー」

　同じことで怒ると、店員の皆がうれしそうな顔をすると気が付いたのは、アルバイトを始めてすぐのことだった。店長がムカつくとか、夜勤の誰それがサボってるとか、怒りが持ち上がったときに協調すると、不思議な連帯感が生まれて、皆が私の怒りを喜んでくれる。

　泉さんと菅原さんの表情を見て、ああ、私は今、上手に「人間」ができているんだ、と安堵する。この安堵を、コンビニエンスストアという場所で、何度繰り返しただろうか。

泉さんが時計を見て、私たちに声をかけた。

「じゃ、朝礼しようか」

「はーい」

三人でならんで整列し、朝礼が始まる。連絡ノートを泉さんが開き、今日の目標と注意事項を伝えた。

「今日は新商品のマンゴーチョコレートパンがおすすめ商品です。皆で声かけしていきましょー。それと、クレンリネス強化期間です。昼の時間は忙しいですが、それでも床、窓、ドア付近はこまめに掃除するようにしましょう。時間がないから誓《ちか》いの言葉はいいや、それでは、接客用語を唱和します。『いらっしゃいませ！』」

「いらっしゃいませー！」

「『かしこまりましたー！』」

「かしこまりましたー！」

「『ありがとうございますー！』」

「ありがとうございますー！」

接客用語を唱和し、身だしなみのチェックをして、「いらっしゃいませ！」と言いながら、一人ずつドアの外へ出ていく。二人に続いて、私も事務所のドアから飛び出した。

「いらっしゃいませ、おはようございます！」

この瞬間がとても好きだ。自分の中に、「朝」という時間が運ばれてくる感じがする。

外から人が入ってくるチャイム音が、教会の鐘の音に聞こえる。ドアをあければ、光の箱が私を待っている。いつも回転し続ける、ゆるぎない正常な世界。私は、この光に満ちた箱の中の世界を信じている。

私は金曜日と日曜日が休みなので、平日の金曜日、結婚して地元で暮らしている友達に会いに行くことがある。

学生時代は「黙る」ことに専念していたのでほとんど友達はいなかったが、アルバイトを始めてから行われた同窓会で旧友と再会してからは地元に友達ができた。

「えー、久しぶり、古倉さん！　イメージ全然違うー！」

明るく声をかけてきたミホと、持っているバッグが色違いだという話で盛り上がり、今度一緒に買い物に行こうと、メールアドレスを交換した。それから、たまに集まってご飯を食べたり、買い物をしたりしていた。

ミホは、今では結婚して地元に中古の一戸建てを買っていて、そこに友達がよく集まっている。明日もアルバイトなので億劫《おつくう》に思う時もあるが、コンビニ以外の世界との唯一の接点であり、同い年の「普通の三十代女性」と交流する貴重な機会なので、ミホの誘いにはなるべく応じるようにしている。今日も、ミホと、まだ小さい子供を連れたユカリ、結婚しているが子供はまだのサツキと私、というメンバーで、ミホの家にケーキを持ち寄ってお茶をしていた。

子連れのユカリは旦那の仕事の関係でしばらく地元を離れていたので、会うのは久しぶりだった。駅前のショッピングモールで買ったケーキを食べながら、皆の顔を見て懐かしい懐かしいと連呼するユカリに皆が笑った。

「やっぱり地元はいいなあ。恵子と前に会ったのって、私が結婚したばかりの頃だったよね」

「うん、そうそう。あの時は、皆でお祝いして、もっと大人数でバーベキューしたんだよねー。懐かしいなあ！」

私は泉さんと菅原さんの喋り方を混ぜながら喋っていた。

「なんか恵子、変わったね」

感情豊かに喋る私をユカリが見つめる。

「前はもっと、天然っぽい喋り方じゃなかった？ 髪形のせいかな、雰囲気違って見える」

「えー、そう？　よく会ってるからかな、ぜんぜん変わんない気がするけど」

ミホは首をかしげたが、それはそうだと私は思った。だって、私の摂取する「世界」は入れ替わっているのだから。前に友達と会ったとき身体の中にあった水が、今はもうほとんどなくなっていて、違う水に入れ替わっているように、私を形成するものが変化している。

数年前に会ったときは、アルバイトはのんびりした大学生が多くて、私の喋り方は今とは全然違ったと思う。

「そうかな！　変わってるかなー」

説明はせずに、私は笑ってみせた。

「そういえば、服の感じはちょっと変わったかもねー？　前はもっとナチュラルっぽかった気がする」

「あー、それはそうかもね。それ、表参道のお店のスカートじゃない？　私も色違い、試着したよー、可愛いよね」

「うん、最近、ここの服ばっかり着てる」

身に付けている洋服も、発する言葉のリズムも変わってしまった私が笑っている。友達は、誰と話しているのだろう。それでも「懐かしい」という言葉を連発しながら、ユカリは私に笑いかけ続ける。

ミホとサツキは地元で頻繁《ひんぱん》に会っているせいか、そっくりな表情と喋り方をしている。特にお菓子の食べ方が似ていて、二人ともネイルを施《ほどこ》した手でクッキーを小さく割りながら口に運んでいる。前からそうだったろうか、と思いだそうとするが、記憶が曖昧《あいまい》だ。前に会ったときの二人の小さな癖や仕草は、もうどこかへ流れ出て行ってしまったのかもしれないとも思う。

「今度、もっと大人数で集まろうか。せっかくユカリも地元に帰ってきたんだし、シホとかにも声かけてさー」

「うんうん、いいね、やろうよー」

ミホの提案に皆が身を乗り出す。

「それぞれの旦那と子供も連れてさー、バーベキューやろうよ、また」

「わあ、やりたい！　友達の子供同士が仲良くなるのっていいよね」

「ああ、いいよねえ、そういうの」

うらやましそうな声をあげたサツキに、ユカリが訊ねる。

「サツキのとこは、子供作る予定とかないの？」

「うーん、欲しいんだけどねー。自然に任せてるけど、そろそろ妊活しようかなって。ね」

「うん、うん、いいタイミングだよー絶対」

ミホが頷《うなず》く。ぐっすりと眠るミホの子供を見つめるサツキを見ていると、二人の子宮も共鳴しあっているような気持ちになる。

頷いていたユカリが、ふと私のほうに視線を寄越《よこ》した。

「恵子は、まだ結婚とかしてないの？」

「うん、してないよ」

「え、じゃあまさか、今もバイト？」

私は少し考えた。この年齢の人間がきちんとした就職も結婚もしていないのはおかしなことだということは、私も妹に説明されて知っている。それでも事実を知っているミホたちの前で誤魔化《ごまか》すのも憚《はばか》られて、私は頷いた。

「うん、実はそうなんだ」

私の返答に、ユカリは戸惑った表情を浮かべた。急いで、言葉を付け加える。

「あんまり身体が強くないから、今もバイトなんだー！」

私は地元の友達と会うときには、少し持病があって身体が弱いからアルバイトをしていることになっている。アルバイト先では、親が病気がちで介護があるからだということにしていた。二種類の言い訳は妹が考えてくれた。

二十代前半のころは、フリーターなど珍しいものではなかったので特に言い訳は必要がなかったが、就職か結婚という形でほとんどが、社会と接続していき、今では両方ともしていないのは私しかいない。

身体が弱いなどと言いながら、毎日立ち仕事を長時間やっているのだから、おかしいと皆、心の中では思っているようだ。

「変なこと聞いていい？　あのさあ、恵子って恋愛ってしたことある？」

冗談めかしながらサツキが言う。

「恋愛？」

「付き合ったこととか……恵子からそういう話、そういえば聞いたことないなって」

「ああ、ないよ」

反射的に正直に答えてしまい、皆が黙り込んだ。困惑した表情を浮かべながら、目配《めくば》せをしている。ああそうだ、こういうときは、「うーん、いい感じになったことはあるけど、私って見る目がないんだよねー」と曖昧に答えて、付き合った経験はないものの、不倫かなにかの事情がある恋愛経験はあって、肉体関係を持ったこともちゃんとありそうな雰囲気で返事をしたほうがいいと、以前妹が教えてくれていたのだった。「プライベートな質問は、ぼやかして答えれば、向こうが勝手に解釈してくれるから」と言われていたのに、失敗したな、と思う。

「あのさ、私けっこう同性愛の友達とかもいるしさあ、理解あるほうだから。今はアセクシャル？　とかいうのもあるんだよねー」

場をとりなすようにミホが言う。

「そうそう、増えてるっていうよね。若い人とか、そういうのに興味がないんだよね」

「カミングアウトするのも難しいってテレビで見た、それ」

性経験はないものの、自分のセクシャリティを特に意識したこともない私は、性に無頓着《むとんちゃく》なだけで、特に悩んだことはなかったが、皆、私が苦しんでいるということを前提に話をどんどん進めている。たとえ本当にそうだとしても、皆が言うようなわかりやすい形の苦悩とは限らないのに、誰もそこまで考えようとはしない。そのほうが自分たちにとってわかりやすいからそういうことにしたい、と言われている気がした。

子供の頃スコップで男子生徒を殴ったときも、「きっと家に問題があるんだ」と根拠のない憶測で家族を責める大人ばかりだった。私が被虐待児だとしたら理由が理解できて安心するから、そうに違いない、さっさとそれを認めろ、と言わんばかりだった。

迷惑だなあ、何でそんなに安心したいんだろうと思いながら、

「うーん、とにかくね、私は身体が弱いから！」

と、妹が、困ったときはとりあえずこう言えと言っていた言い訳をリピートした。

「そっか、うんうん、そうそう、持病とかあるとね、いろいろ難しいよね」

「けっこうずっと前からだよね、大丈夫ー？」

早くコンビニに行きたいな、と思った。コンビニでは、働くメンバーの一員であることが何よりも大切にされていて、こんなに複雑ではない。性別も年齢も国籍も関係なく、同じ制服を身に付ければ全員が「店員」という均等な存在だ。

時計を見ると午後の3時だった。そろそろ、レジの精算が終わって銀行の両替も完了し、トラックに乗ったパンとお弁当が届いて並べ始めているころだ。

離れていても、コンビニと私は繋《つな》がっている。遠く離れた、光に満ちたスマイル

マート日色町駅前店の光景と、そこを満たしているざわめきを鮮明に思い浮かべながら、私はレジを打つために爪が切りそろえられた手を、膝《ひざ》の上で静かに撫でた。

朝、早く目が覚めてしまったときは、一駅前で降りて店まで歩くことにしている。マンションや飲食店が立ち並んでいる場所から、店の方へ歩いていくにしたがって、オフィスビルしかなくなっていく。

その、ゆっくりと世界が死んでいくような感覚が、心地いい。初めてこの店に迷い込んだときと変わらない光景だ。早朝、たまにスーツ姿のサラリーマンが早足で通り過ぎていくだけで、ほとんど生き物が見当たらない。

こんなにオフィスしかないのに、コンビニで働いていると住民風の客も訪れるので、一体どこに住んでいるのだろうといつも思う。このセミの抜け殻の中を歩いているような世界のどこかで、私の「お客様」が眠っているのだとぼんやり思う。

夜になると、オフィスの光が幾何学《きかがく》的に並ぶ光景に変わる。自分が住んでいる安いアパートが並ぶ光景と違って、光も無機質で、均一な色をしている。

店の周りを歩くのは、コンビニ店員にとって大切な情報収集でもある。近くの飲食店が弁当を始めたら売上に影響するし、新しく工事が始まればそこで働く客が増える。店がオープンして4年目、近くにあるライバル店が潰《つぶ》れたときは大変だった。その分の客が殺到して、昼ピークが終わらずに残業をした。弁当の数が足りなくて、店長が本社の人にリサーチ不足だと叱られていた。そんなことが起きないように、私はこの街を、店員として、しっかりと見つめながら歩くことにしている。

今日は特に大きな変化はなかったが、近くに新しいビルができるようなので、完成したらまた客が増えるかもしれない。そんなことを頭に刻《きざ》みながら店まで辿《たど》りつき、サンドイッチとお茶を買ってバックルームに入ると、今日も夜勤に入っていた店長が、汗ばんだ身体を丸めて、お店のストアコンピューターに数字を入力しているところだった。

「おはようございます！」

「あ、おはよう古倉さん、今日も早いねー！」

店長は30歳の男性で、常にきびきびとしている。口は悪いが働き者の、この店で8人目の店長だ。

2人目の店長はサボり癖があり、4人目の店長は真面目で掃除好きで、6人目の店長は癖のある人で嫌われ、夕勤が全員一気に辞めるというトラブルになった。8人目の店長は比較的アルバイトからも好かれ、自分が体を動かして働くタイプなので、見ていて気持ちがいい。7人目の店長は気弱すぎて夜勤になかなか注意ができずに店がぼろぼろになってしまったので、少し口が悪くてもこれくらいのほうが働きやすいと、8人目の店長を見ると思う。

18年間、「店長」は姿を変えながらずっと店にいた。一人一人違うのに、全員合わせて一匹の生き物であるような気持ちになることがある。

8人目の店長は声が大きく、バックルームではいつも彼の声が反響している。

「あ、今日、新人の白羽《しらは》さんとだから！　夕方に研修してたから昼勤は初めてだよね。よろしくしてあげてねー！」

「はい！」

元気よく返事をすると、店長は数字を打ち込む手を休めずに何度も頷いた。

「いやあ、古倉さんがいると安心だわー。岩木君が本格的に抜けちゃうから、しばらく、古倉さんと泉さんと菅原さん、それと新戦力の白羽さんの四人で昼まわすことになるけど、よろしく！　俺はちょっと、しばらくの間は夜勤に入るしかなさそうだわー」

声のトーンは全く違うものの、店長も泉さんと同じように語尾を伸ばして喋る癖がある。泉さんの後に8人目の店長が来たから、泉さんのが店長に移ったのかもしれないし、店長の喋り方を吸収して泉さんがますます語尾を伸ばすようになったのかもしれない。そんなことを考えながら、私は菅原さんの喋り方で頷いた。

「はい、大丈夫です！　早く新しい人入ってくれるといいですね！」

「うーん、募集かけたり、夕勤の子に友達でバイト探してる子いないか声かけたりしてるんだけどねー！　昼勤は古倉さんが週5で入れるから助かるわー」

人手不足のコンビニでは、「可もなく不可もなく、とにかく店員として店に存在する」ということがとても喜ばれることがある。私は泉さんや菅原さんに比べると優秀な店員ではないが、無遅刻無欠勤でとにかく毎日来るということだけは誰にも負けないため、良い部品として扱われていた。

そのときドアの向こうから、「あのう……」とか細い声がした。

「あ、白羽さん？　入って入って！　俺、30分前に出勤するように言わなかった？遅刻だよー！」

店長の声に静かにドアが開き、１８０cmはゆうに超えるだろう、ひょろりと背の高い、針金のハンガーみたいな男性が俯《うつむ》きながら入ってきた。

自分自身が針金みたいなのに、銀色の針金が顔に絡《から》みついたような眼鏡をかけている。白いシャツに黒いズボンという店のルールを守った服装だが、瘦《や》せすぎていてシャツのサイズが合っておらず、手首が見えているのに腹のあたりには不自然に皺《しわ》が寄っていた。

骨に皮がこびりついているような白羽さんの姿に一瞬驚いたが、私はすぐに頭を下げた。

「初めまして！　昼勤の古倉です。よろしくお願いします！」

今の言い方は、店長に近かったかもしれない。白羽さんは私の大声に怯《ひる》んだような顔をして、

「はあ……」

と曖昧な返事をした。

「ほら白羽さんも、挨拶挨拶！　最初が肝心だからね、ちゃんと挨拶して！」

「はあ……おはようございます……」

白羽さんはもごもごと小さな声を出した。

「今日は研修も終わって、もう昼勤の一員だからねー！　レジと掃除と基本的なファーストフードの作りかたは教えたけど、覚えなきゃいけないことはたくさんあるからね！　この人は古倉さん、なんと、この店がオープンしてからのスタッフだから！　何でも聞いて教わって！」

「はあ……」

「18年間だよ18年間！　はは、びっくりしたでしょ、白羽さん！　大先輩だよー!?」

店長の言葉に、「え……？」と白羽さんが怪訝《けげん》な顔をする。窪《くぼ》んだ目がさらに奥に引っ込んだような気がした。

気まずい空気をどうしようかと考えていると、勢いよくドアが開いて、菅原さんが姿を現した。

「おはようございますっ！」

楽器の入ったケースを背中に背負ってバックルームに入ってきた菅原さんは、白羽さんに気が付いて明るく声をかけた。

「あ、新しい人だー！　今日からよろしくお願いします！」

菅原さんの声は、店長が8人目になってからますます大きくなっている気がする。何だか薄気味悪いなあと思っていると、いつの間にか菅原さんも白羽さんも身支度を終えていた。

「よし、じゃあ今日は俺が朝礼やるかー」

と店長が言った。

「では今日の連絡事項！　まず、白羽さんの研修期間が終わり、今日から9時から5時で働いてもらいます！　白羽さん、とにかく元気に声出しがんばってー！　わかんないことあったら二人に聞くように！　二人ともベテランだからねー。今日、昼ピークもできればレジ打ってみてねー」

「ああ、はい……」

白羽さんが頷く。

「あと、今日はフランクがセールだから、いっぱい仕込んで！　目標は100本！　この前のセールのとき83本だったからね、売れる売れる！　どんどん仕込んじゃってねー！　古倉さんよろしく！」

「はい！」

私は声を張り上げ、元気よく返事をする。

「とにかく、体感温度っていうのが大事だからね、お店では！　前日との気温差も激しいし、今日は冷たいものが売れるから、ドリンクが減ったら補充するように気を付けて！　声かけは、フランクのセールと、デザートの新商品のマンゴープリンでいこう！」

「わかりましたー！」

菅原さんもはきはきと答える。

「じゃ、伝達事項はこれくらいなんで、接客6大用語と誓いの言葉を唱和します。はい、俺に続いて！」

私たちは店長の大きな声に続いて、声をはりあげた。

「『私たちは、お客様に最高のサービスをお届けし、地域のお客様から愛され、選ばれるお店を目指していくことを誓います！』」

「私たちは、お客様に最高のサービスをお届けし、地域のお客様から愛され、選ばれるお店を目指していくことを誓います！」

「『いらっしゃいませー！』」

「いらっしゃいませー！」

「『かしこまりましたー！』」

「かしこまりましたー！」

「『ありがとうございますー！』」

「ありがとうございますー！」

三人の声が重なる。店長がいるとやっぱり朝礼が締まるな、と思っていると、ぼそりと白羽さんが言った。

「……なんか、宗教みたいっすね」

そうですよ、と反射的に心の中で答える。

これから、私たちは「店員」という、コンビニのための存在になるのだ。白羽さんはそのことにまだ慣れない様子で、口をぱくぱくさせるだけで、ほとんど声を出していなかった。

「朝礼終わり！　今日も一日がんばろう！」

店長の言葉に、「はい！」と私と菅原さんが応えた。

「それじゃあ、何かわからないことあったら気軽に聞いてくださいね。よろしくお願いします！」

私が声をかけると、白羽さんが薄く笑った。

「はあ、わからないこと？　コンビニのバイトで、ですか？」

白羽さんは鼻で笑い、笑った拍子に鼻がプーという音を出し、鼻水が鼻の穴に膜を作っているのが見えた。

白羽さんの紙で作ったような乾燥しきった皮膚の裏側にも、膜をはるような水分があるのだなと、私がその膜が割れるのに気をとられていると、

「特にないですよ。僕は大体わかってるんで」

と白羽さんが小声の早口で言った。

「あ、ひょっとして経験者ですかっ？」

菅原さんの言葉に、「え？　いえ、違いますけど」と小声で答える。

「まあまあ、まだ習うことはいっぱいあるよー！　じゃあ古倉さん、フェイスアップからよろしく！　俺もあがって今日は寝るわー」

「はい！」

菅原さんは、「じゃあ私はレジ行きます！」と走って行った。

私は白羽さんをパック飲料のところへ連れて行き、菅原さんからトレースした喋り方で、白羽さんに話しかけた。

「じゃあ、まずはフェイスアップお願いしますっ！　パックの飲み物は、朝、特に売れるので、売り場を綺麗にしてあげてください。フェイスアップしながら、プライスカードがちゃんとついていることも確認してくださいね！　あと、作業しているときも、声かけと挨拶を忘れないでください。お客様が買いにいらしたら、すぐに身体をどけて、お買いものの邪魔にならないようにしてくださいねっ！」

「はい、はい」

白羽さんはだるそうに返事をしてパック飲料のフェイスアップを始める。

「それが終わったら掃除を教えるんで、声をかけてくださいね！」

彼は返事をせず、無言で作業を続けるだけだった。

しばらくレジを打って、朝ピークの行列が終わった後に様子を見に行くと、白羽さんの姿がなかった。パック飲料は並びがぐちゃぐちゃになっていて、オレンジジュースがあるべきところに牛乳が並んでいる。

白羽さんを探しにいくと、だるそうな仕草でバックルームのマニュアルを読んでいるところだった。

「どうしました？　何かわからないことがありましたか？」

白羽さんはマニュアルのページを捲《まく》りながらもったいぶった口調で言った。

「いや、こういうチェーンのマニュアルって、的《まと》を射《い》てないっていうか、よくできてないですよね。僕、こういうのをちゃんとすることから、会社って改善されていくと思うんですよ」

「白羽さん、さっき頼んだフェイスアップなんですけど、まだ終わってないんですか？」

「いや、あれで終わりですけど？」

白羽さんがマニュアルから目を離さないので、私は近づいて元気な声を出した。

「白羽さん、まずはマニュアルよりフェイスアップです！　フェイスアップと声かけは、基本中の基本ですよー！　わからなかったら一緒にやりましょう！」

私は億劫そうな白羽さんを再びパック飲料の売り場まで連れて行き、よくわかるように、説明しながら手を動かして商品を綺麗に並べ直して見せた。

「こうやって、お客様に商品の顔が向くように並べてあげてくださいね！　あと、場所は勝手に動かさないで、ここが野菜ジュース、ここが豆乳と決まってるんで……」

「こういうのって、男の本能に向いている仕事じゃないですよね」

白羽さんがぼそりと言った。

「だって、縄文《じょうもん》時代からそうじゃないですか。男は狩りに行って、女は家を守りながら木の実や野草を集めて帰りを待つ。こういう作業って、脳の仕組み的に、女が向いている仕事ですよね」

「白羽さん！　今は現代ですよ！　コンビニ店員はみんな男でも女でもなく店員です！　あ、バックルームに在庫があるんで、それを並べる仕事も一緒に覚えちゃいましょう！」

ウォークインから在庫を出して白羽さんに在庫を並べる説明をすると、私は急いで自分の仕事に戻った。

フランクの在庫を持ってレジに行くと、コーヒーマシーンの豆の補充をしていた菅原さんが、眉間《みけん》に皺をよせてこちらを見た。

「あの人、なんか変じゃないですかあ？　研修終わって、今日、ほとんど初日ですよね？　まだろくにレジも打てないくせに、私に発注やらせろって言ってきたんですよ！」

「へえー」

方向性はどうあれ、やる気があるのはいいことだと思っていると、菅原さんがもっちりとした頰《ほお》を持ち上げて微笑んだ。

「古倉さんって、怒らないですよね」

「え？」

「いえ、古倉さんって、偉いですよね。私ああいう人だめなんですー、イライラしちゃって。でも古倉さんって、ほら、私や泉さんに合わせて怒ってくれることはあるけど、基本的にあんまり自分から文句言ったりしないじゃないですか。嫌な新人に怒ってるところ、見たことないですよね」

ぎくりとした。

お前は偽物だと言い当てられた気がして、私は慌てて表情を取り繕った。

「……そんなことないよ、顔に出ないだけ！」

「えー、そうなんですか？　古倉さんに怒られたら、まじでショック受けそー！」

菅原さんが高い声で笑う。リラックスした菅原さんの前で、私は細心の注意を払って言葉を紡《つむ》ぎ、顔の筋肉を動かし続けている。

かごをレジに置く音が聞こえ、素早く振り向くと、つえをついた常連の女性客が立っていた。

「いらっしゃいませ！」

元気よく商品のバーコードをスキャンし始めると、女性は目を細めて言った。

「ここは変わらないわねえ」

私は少しの間のあと、

「そうですね！」

と返した。

店長も、店員も、割り箸《ばし》も、スプーンも、制服も、小銭も、バーコードを通した牛乳も卵も、それを入れるビニール袋も、オープンした当初のものはもうほとんど店にない。ずっとあるけれど、少しずつ入れ替わっている。

それが「変わらない」ということなのかもしれない。私はそんなことを考えながら、

「390円です！」

と、張り上げた声で女性客に告げた。

アルバイトが休みの金曜日、私は妹の住む横浜方面の住宅地へと向かっていた。妹が住んでいるのは、新興住宅地の駅前にある新しいマンションだ。妹の夫は電気会社に勤務していて、大体終電で帰ってくるという。

マンションはそれほど広くはないが、新しくて綺麗で、住み心地がよさそうに整っている。

「お姉ちゃん、どうぞあがって。今、悠太郎寝たところだから」

妹の声に、「おじゃまします」とそっとマンションに入る。甥《おい》っ子が生まれてから、妹の家を訪ねるのは初めてだった。

「育児はどう、やっぱり大変？」

「まあ大変だけど、少しは慣れたかな。夜眠ってくれるようになって、だいぶ落ち着いてきた」

甥っ子は、病院でガラス越しに見たときとは別の生き物のように、人間らしい形に膨《ふく》らんで、髪の毛も生えそろっていた。

私は紅茶、妹はノンカフェインのルイボスティーを飲みながら、私が持って来たケーキを二人で食べた。

「美味しい。悠太郎がいるからなかなか外に出かけられなくて、こういうもの全然食べてなかったから」

「よかった」

「お姉ちゃんから食べ物をもらうと、小さいころを思い出すなあ」

妹が少し照れくさそうに笑った。

甥っ子は眠っていて、頬に人差し指で触れると水ぶくれを撫でたような奇妙な柔らかさを感じた。

「悠太郎見てるとね、やっぱり動物なんだなって感じがする」

妹が嬉しそうに言う。甥っ子は身体が弱くて、すぐに熱を出すので妹はいつもかかりきりだ。赤ん坊にはよくあることで大丈夫だとわかっていても、高熱を出すと焦ってしまうらしい。

「お姉ちゃんはどう？　アルバイトは順調？」

「うん、元気に働いてるよ。あ、そうだ、この前、ミホたちに会いに地元に行ったよ」

「えー、また？　いいなあ。甥っ子の顔ももっと見に来てよ」

妹が笑うが、私はミホの子供も甥っ子も、同じに見えるので、わざわざこっちのほうも見にこなくてはいけないという理屈がよくわからない。でも、こっちの赤ん坊のほうが、大事にしなくてはいけない赤ん坊なのだろう。私にとっては野良猫のようなもので、少しの違いはあっても「赤ん坊」という種類の同じ動物にしか見えないのだった。

「あ、そうだ、麻美、何かもっといい言い訳ってない？　最近、身体が弱いっていうだけじゃ、怪訝な顔されるようになっちゃった」

「……うーん、考えてみるね。お姉ちゃんはリハビリ中なんだから、身体が弱いっていうのも、全部言い訳や嘘っていうわけじゃないんだよ。堂々としてていいんだよ」

「でも、変な人って思われると、変じゃないって自分のことを思っている人から、根掘り葉掘り聞かれるでしょう？　その面倒を回避するには、言い訳があると便利だよ」

皆、変なものには土足で踏み入って、その原因を解明する権利があると思っている。私にはそれが迷惑だったし、傲慢《ごうまん》で鬱陶《うっとう》しかった。あんまり邪魔だと思うと、小学校のときのように、相手をスコップで殴って止めてしまいたくなるときがある。

そんな話を何気なく妹にして、泣きそうになられたことを思い出し、私は口をつぐんだ。

小さい頃から親切にしてくれた妹を悲しませるのは本意ではないので、私は「あ、そういえばユカリと久しぶりに会ったら、雰囲気が変わったねって言われたよ」と明るい話題を口にした。

「うん、確かに、お姉ちゃん、前とちょっと違うかも」

「そう？　あ、でも麻美も違うよ。前より大人っぽくなった気がする」

「何それ、もうとっくに大人だよ」

目尻に皺を寄せる妹は、前よりも喋り方が落ち着いていて、服装はモノトーンになっている。今、妹の周りにはこういう人がたくさんいるのかもしれない、と思う。

赤ん坊が泣き始めている。妹が慌ててあやして静かにさせようとしている。

テーブルの上の、ケーキを半分にする時に使った小さなナイフを見ながら、静かにさせるだけでいいならとても簡単なのに、大変だなあと思った。妹は懸命に赤ん坊を抱きしめている。私はそれを見ながら、ケーキのクリームがついた唇を拭《ぬぐ》った。

翌朝出勤すると、店がいつもと違う、緊張した雰囲気に包まれていた。

自動ドアから店に入ったすぐのところで、常連の男性客が、怯えたように雑誌コーナーの方を見ていた。いつもコーヒーを買っていく女性が、私とすれ違うように早足で店から出て行き、パン売り場の前では男性客が二人、ひそひそと話している。

一体どうしたのだろうかと客の視線の先を見ると、くたびれたスーツ姿の中年の男性を、皆が目で追っていると気付いた。

彼は店を歩き回り、いろんな客に声をかけている様子だ。内容をよく聞いてみると、どうやら客に注意をしているようだった。靴が汚れている男性に甲高い声で、「ほらあなた、そこ！　床を汚さないでくださいね」と言い、チョコレートを見ている女性に、「あー！　駄目ですよ、せっかくきちんと並んでいるのにぐちゃぐちゃにして！」と叫んでいる。皆、自分が次に声をかけられたらどうしようと、戸惑いながら遠巻きに男性の動きを見守っていた。

レジは混んでいて、店長はゴルフの宅配便の受付をしていて手が離せず、ダット君が必死にレジを打っていた。レジには行列ができていて、男性は並び方が乱れている客に近付き、「ちゃんと壁に沿って一列に並んでください、ほら！」と言った。不気味に思いつつも朝は忙しいので急いで買い物を済ませようと、列に並んでいる客は男性と目を合わせないよう、徹底的に無視を心がけているようだった。

私は急いでバックルームに行き、ロッカーから制服を取り出した。着替えながら防犯カメラを見ると、男性客は今度は雑誌売り場の方へ行き、立ち読みをしている他の客に、

「立ち読みは駄目なんですよ。やめなさいよ。ほら！」

と大声で注意をしている。

注意された若者は不愉快そうに男性を睨《にら》み、レジを一生懸命に打っているダット君に、

「なあこいつ、誰？　社員？」

と訊ねた。

「いえ、あの、お客様です」

レジの合間に、戸惑いながらもダット君が答えると、

「っだよ、部外者なんじゃねえか。何なんだよてめえ。何の権利で余計なこと言ってやがんだよ」

と若者が中年の男性に詰め寄った。

トラブルが起きた場合は、迅速に社員に対応を任せることになっている。そのルールに従って、私は急いで制服に着替え終え、レジへと向かった。店長お願いしますと言ってレジを代わると、「うわ助かった、ありがと！」と小さい声で店長が言い、すぐにカウンターの外に走って行き、男性客と若者の間に急いで入った。私は宅配便の控えをお客さまに渡しながら、店内で殴り合いにならないか横目で見ていた。そういうときは、すぐに防犯ベルを鳴らすことになっている。

やがて、店長がうまく対応したらしく、中年の男性は何かをぶつぶつ言いながら店を出て行った。

ほっとした空気が流れ、店内は元の通常の朝の空気に戻った。

ここは強制的に正常化される場所なのだ。異物はすぐに排除される。さっきまで店を満たしていた不穏《ふおん》な空気は払拭《ふっしょく》され、店内の客は何事もなかったように、いつものパンやコーヒーを買うことに集中し始めた。

「いや、ありがとう助かったよ古倉さん」

行列がおさまってバックルームに戻ると、店長が言った。

「いえ、トラブルにならなくてよかったです！」

「あの客、何なんだろうなあ。見たことない顔だったけど」

バックルームにはすでに泉さんが来ていて、「何かあったんですか？」と店長に言った。

「いや、さっき何だか変な客がいてさ。店の中をまわって他の客に注意したりしてるの。トラブルになる前に出て行ってくれてよかったよー」

「え、何でしょうね、それ。常連さんとかですか？」

「いや、ぜんぜん知らない顔。だからわけわかんないんだけどさ。嫌がらせって感じでもなかったし。まあ、また来たらすぐ俺に連絡して。他の客とトラブルになったら大変だから」

「はい、わかりました」

「じゃあ俺、あがるわー。今日も夜勤だし」

「お疲れさまですー。あ、そうそう、店長、白羽さん、今度注意してもらえますか？　あの人、サボり癖があって、私が言っても駄目なんですよー」

泉さんはほとんど社員のような存在なので、バイトについても店長と話し合ったりする。

「あいつほんとだめだなー。面接のときから悪い予感してたんだよ。コンビニのバイトなんてーって、馬鹿にした感じで喋るんだよね。だったら働くなっつーの。でもまあ、人手不足だからとったけどさー、あのハゲまじで一回ちゃんと言ってやんないと駄目だな」

「あの人、遅刻も多いんですよねー。今日も9時からなのに、まだ来てないし」

泉さんが顔をしかめた。

「あの人、35歳とかでしたよね。それでコンビニアルバイトって、そもそも、終わってません？」

「人生終了だよな。だめだ、ありゃ。社会のお荷物だよ。人間はさー、仕事か、家庭か、どちらかで社会に所属するのが義務なんだよ」

大きく頷いた泉さんが、はっとして店長を小突《こづ》き、

「古倉さんみたいにお家の事情があるならわかるけど。ねえ？」

と言った。

「あーそうそう、古倉さんは仕方ないけどさー。ほら、男と女の違いもあるから！」

店長も急いで言い、私が返事をする前に、話題は白羽さんに戻った。

「それに比べて白羽はマジで終わってるわ。あいつさあ、レジの中で携帯弄《いじ》ってる

ときがあるんだよね」

「そうそれ、私も見ました—」

二人の会話に私は驚いて尋ねた。

「え、勤務中にですか？」

携帯をバイト中に持ち歩かないのは、基本的なルールだ。何でそんな簡単なことを破ってしまうのか私には理解できなかった。

「俺、自分がいない時間は、いつも軽く防犯カメラチェックするじゃん？　白羽さんは新人だし、どんなもんかなと思って見てたんだよね。表向きはそれなりにやってるんだけど、ちょっとサボり癖があるみたいなんだよね—」

「気が付かなくてすみません」

「いやいや、古倉さんが謝ることじゃないから。古倉さん、最近特に声かけがんばってくれてるね—、カメラ見てても、お、すごい頑張ってるなって感じ。えらいよ—、古倉さんは毎日勤務なのに手を抜かないからね—！」

8人目の店長は、私が「コンビニ」へ向かっていつでも祈り続けていることを、その場にいないときもちゃんと見てくれている。

「ありがとうございます！」

勢い良くお辞儀をしたところで、ドアが開き、無言で白羽さんが入ってきた。

「……あ、おはようございます」

気の抜けた小さな声で白羽さんが挨拶する。白羽さんはガリガリに痩せているので、ズボンが下がってしまうのだろう、白いシャツからうっすらとサスペンダーが透《す》けている。腕をみても、骨にぺったり皮膚が貼りついているようで、この狭そうな身体の中に内臓はどうやってしまってあるのだろうと思ってしまう。

「白羽さん、遅刻遅刻！　5分前には制服着て、朝礼してないと駄目だから！　あと、朝の挨拶はしっかりねー！　事務所のドアあけるときは、元気よく挨拶！　それとさあ、休憩中以外は携帯禁止だから！　レジの中に持ち込んでるっしょ？　見てるからねー！」

「あ……はあ、すみません……」

白羽さんが目に見えて狼狽《ろうばい》する。

「え、あの、昨日のことっすよね？　古倉さん、見てたんすか？」

私が言いつけたと思ったらしい白羽さんに、「いえ」と首を横に振ると、店長が言った。

「カメラカメラ！　俺は夜勤のときもちゃんと昼勤のこと見てるからねー！　まあ、

携帯のことはルールとしてちゃんと説明してなかったかもだけど、駄目だからねー!」

「あ、はあ、知らなかったです、すみません……」

「うん、今日から絶対にしないでねー! あ、泉さん、ちょっと表出れる? あのさあ、エンド、そろそろ夏のギフト用にしたいんだよねー。今回は派手に売り場作ろうと思ってるんだ」

「あ、はいー。もうギフトの見本来てますよね? 手伝いますよー」

「今日中にやっちゃいたいんだけど、棚の高さ全部変えないといけなくてさー。下の段に夏の雑貨も置きたいから一段増やしたいんだけど。あ、古倉さんと白羽さん、朝礼やっててくれる? 先にそっちやってくるわ」

「はい!」

店長と泉さんがバックルームから出ていくと、白羽さんが小さく舌打ちした。

ふとそちらを見ると、吐き捨てるように白羽さんが言った。

「け、コンビニの店長ふぜいが、えっらそうに」

コンビニで働いていると、そこで働いているということを見下されることが、よくある。興味深いので私は見下している人の顔を見るのが、わりと好きだった。あ、人間だという感じがするのだ。

自分が働いているのに、その職業を差別している人も、ちらほらいる。私はつい、白羽さんの顔を見てしまった。

何かを見下している人は、特に目の形が面白くなる。そこに、反論に対する怯えや警戒、もしくは、反発してくるなら受けてたってやるぞという好戦的な光が宿っている場合もあれば、無意識に見下しているときは、優越感の混ざった恍惚《こうこつ》とした快楽でできた液体に目玉が浸《ひた》り、膜が張っている場合もある。

私は白羽さんの瞳を覗き込んだ。そこには単純な差別感情があるだけで、ごくシンプルな形をしていた。

私の視線を感じたのか、白羽さんが口を開いた。歯の根元が黄ばんでいて、黒いところもある。歯医者に長いこと行っていないのかもしれなかった。

「威張《いば》り散らしてるけど、こんな小さな店の雇《やと》われ店長って、それ、負け組ですよね。底辺がいばってんじゃねえよ、糞野郎《くそ》……」

言葉だけを拾うと激しいが、小さな声で呟いているだけなので、何だかヒステリーを見ている感じがしない。差別する人には私から見ると二種類あって、差別への衝動や欲望を内部に持っている人と、どこかで聞いたことを受け売りして、何も考えずに差別用語を連発しているだけの人だ。白羽さんは後者のようだった。

白羽さんはたまに言葉をとちりながら早口で呟き続けている。

「この店ってほんと底辺のやつらばっかですよね、コンビニなんてどこでもそうですけど、旦那の収入だけじゃやっていけない主婦に、大した将来設計もないフリーター、大学生も、家庭教師みたいな割のいいバイトができない底辺大学生ばっかりだし、あとは出稼ぎの外人、ほんと、底辺ばっかりだ」

「なるほど」

まるで私みたいだ。人間っぽい言葉を発しているけれど、何も喋っていない。どうやら、白羽さんは「底辺」という言葉が好きみたいだった。この短い間に、4回も使っている。菅原さんが、「サボりたいだけなのに言い訳ばっかりやたらと口がまわって、そこがますますキモい」と言っていたことを思い出しながら、私は白羽さんの言葉に適当に頷いていた。

「白羽さんは、どうしてここで働き始めたんですか？」

素朴《そぼく》な質問が浮かんだので聞いてみると、白羽さんは、

「婚活ですよ」

とこともなげに答えた。

「へえー！」

私は驚いて声をあげた。今まで、近いからとか楽そうだからとか、いろいろな理由を聞いてきたが、そんな理由でコンビニで働き始めた人に会うのは初めてだった。

「でも失敗だったな。ろくな相手がいない。若いのは遊んでそうな奴等ばかりだし、あとは年増だ」

「まあ、コンビニは学生のアルバイトさんが多いですし、そんなに適齢期の人はいないですよ」

「客にはまあまあなのがけっこういるけど、高飛車《たかびしゃ》な女が多いですよね。この辺は大きい会社ばかりだから、そういうところで働いている女は威張り散らしていて駄目だ」

白羽さんは誰に向かって喋っているのか、壁にある、『お中元目標達成を目指そう！』というポスターを見つめながら口を動かし続けている。

「あいつら、自分と同じ会社の男にばっかり色目をつかって、僕とは目を合わせようともしない。大体、縄文時代から女はそうなんだ。若くて可愛い村一番の娘は、力が強くて狩りが上手い男のものになっていく。強い遺伝子が残っていって、残り物は残り物同士で慰《なぐさ》め合う道しか残されていない。現代社会なんてものは幻想で、僕たちは縄文時代と大して変わらない世界に生きているんだ。大体、男女平等だなんだと言いながら……」

「白羽さん、そろそろ制服に着替えてください。朝礼しないと間に合いませんよ」

客の悪口を言い始めた白羽さんに言うと、渋々といった調子でリュックを持ってロッカーへ行った。荷物をロッカーへ押し込みながら、まだ一人でぶつぶつ何かを言っている。

白羽さんを見ながら、私は、さっき店長に追い出された中年の男性を思い浮かべていた。

「あの……修復されますよ？」

「え？」

よく聞こえなかったのか、白羽さんが聞き返す。

「いえ、何でもないです。着替えたら、急いで朝礼しましょう！」

コンビニは強制的に正常化される場所だから、あなたなんて、すぐに修復されてしまいますよ。

私はそれを口には出さず、のらりくらりと着替えている白羽さんのことを見つめていた。

月曜日の朝、お店に行くと、シフト表に赤いバツ印がつけられていて、白羽さんの名前が消されていた。急に休みをとったのかと思っていると、時間になって現れたのは休みの筈《はず》の泉さんだった。

「おはようございます！　あ、店長、白羽さんどうかしたんですか？」

夜勤明けの店長がバックルームに入ってきたので尋ねると、店長と泉さんは顔を見合わせて、「ああ……白羽さんね」と苦笑いをした。

「昨日ちょっと面談してね。もうシフト入れないことになった」

店長はこともなげに言い、私はどこかで、ああ、やっぱり、と思っていた。

「サボり、廃棄のこっそり食いまではまあ、駄目だけど見逃してたんだけど、お客の女性、ほら常連の、前に日傘の忘れ物取りに来た人、なんかあの人にストーカーっぽくなってきてたみたいでさ、宅配便に書いてある電話番号を写メ撮ったり、家の場所知ろうとしたりしてたらしいんだよ。泉さんが気が付いて、俺もすぐビデオチェックしてさ。面談して、辞めてもらった」

ばかだなあ、と私は思った。小さなルールを破る店員はいるが、ここまで酷《ひど》い話はあまり聞いたことがない。警察沙汰にならなかっただけマシだと思った。

「あいつ最初からおかしかったよな。夕勤の女の子にも、店の連絡網勝手に見て電話かけたり、バックルームで待ち構えて一緒に帰ろうとしたり。既婚者の泉さんにまで声かけてさー。その根性で仕事しろっつーんだよ。古倉さんも嫌だったでしょ？」

店長が言い、泉さんが顔をしかめる。

「ほんと、気持ち悪い。変態ですよ、あんな人。店員がダメだったらお客様にまで。本当に最低。逮捕されてほしいですよ」

「いや、まだそこまではいってなかったからさ」

「犯罪ですよ。犯罪者。あんな人、さっさと捕まえてくれればいいのに」

文句を言いながらも、店の中にはどこかほっとした空気が流れていた。彼がいなくなったことで、白羽さんが来る前の平和な店に戻り、皆は厄介者《やっかい》がいなくなってせいせいしたのか、奇妙に明るく饒舌《じょうぜつ》だった。

「正直、イライラしてたんで、人手不足でもいないほうがいいですよー」

出勤して話を聞いた菅原さんが笑った。

「あの人ほんとに最悪でしたよね。言い訳がましくて、サボってること注意するとなんかいきなり縄文時代の話始めたりとか。頭おかしいですよ」

菅原さんの言葉に、泉さんが吹き出した。

「そうそう、あれ、ほんと気持ち悪い。何なんだろうねー、意味不明。あんなの採用しないでくださいよ、店長」

「いや、人手不足だったからさー」

「あの年齢でコンビニバイトをクビになるって、終わってますよね。あのままのたれ死んでくれればいいのに！」

皆が笑い声をあげ、私も「そうですね！」と頷きながら、私が異物になったときはこうして排除されるんだな、と思った。

「また新しい人探さないとなー。募集かけるか」

こうして、また一つ、店の細胞が入れ替わっていく。

いつもより活気のある朝礼が終わり、レジに行こうとすると、常連のつえをついた女性客が下の段にある商品に手を伸ばして、転びそうになりながら腰をかがめていた。

「お客様、お取りしますよ。こちらでよろしいですか？」

素早くイチゴジャムをとってお聞きすると、「ありがとう」と女性が微笑んだ。

レジまでかごをお持ちすると、女性は財布を取り出しながら、今日も呟いた。

「本当に、ここは変わらないわねえ」

今日、ここから一人消えたんですよ。そう伝えることはせず、「ありがとうございます」と言って、私は商品をスキャンし始めた。

目の前の客の姿が、18年前、最初に私がレジを打った年配の女性の姿と重なる。あの年配の女性も、つえをつきながら毎日通ってくださっていたが、いつの間にか来なくなった。身体がもっと悪くなってしまったのか、引っ越してしまったのか、知る手段は私たちにはない。

けれど、私は確かにあの日と同じ光景を繰り返している。あれから6607回、私たちは同じ朝を迎えている。

ビニール袋の中に、そっと卵を入れる。昨日売ったのと同じ、けれど違う卵を入れる。「お客様」は、昨日入れたのと同じビニールに同じ箸を入れて同じ小銭を受け取って、同じ朝を微笑んでいる。

バーベキューをやろうとミホから連絡が入り、次の日曜の朝からミホの家に集まることになった。午前中から買い出しを手伝う約束をしたところで、携帯が鳴った。見ると、実家からの電話だった。

『恵子、明日ミホちゃんの家に集まるって言ってた日よね？　ミホちゃんちに寄るついでに、家にも顔をだせない？　お父さんが寂しがっちゃって』

「うーん、無理かな。次の日アルバイトだから、早く帰って体調を整えないといけないし」

『そうなの。残念ね……お正月も顔をださないし。近いうちにまた来なさいよ』

「うん」

今年のお正月は、人手不足で元旦から出勤していた。コンビニは365日営業で、年末年始は主婦のパートさんは来られなかったり、外国からの留学生は国に帰ったりするので、いつも人手不足になる。実家に顔をだそうとは思っているが、お店が困っているのを見るとつい、働くほうを選択してしまうのだった。

『それで、元気でやってるの？　毎日、ほら、恵子は立ち仕事だからね、身体も大変でしょう。最近はどうなの？　ほら、変わったこととか』

探るような言葉の中に、どこか母が変化を待ち望んでいるような気がする。18年間なにも変化しない私に、母は少し疲れているのかもしれなかった。

特に変わりはないことを告げると、『そう』と、安心したような、がっかりしたような声で言った。

電話を切ったあと、ふと、鏡の中の自分を眺めた。コンビニ店員として生まれたときに比べると、私は老《お》いていた。そのことに不安はないが、前よりも疲れを感じやすくなっているのも事実だった。

もし、本当に老いてコンビニで働くことができなくなったら自分はどうなるのだろう、と考えることがある。6人目の店長は、腰を痛めて働くことができず、会社を辞めていった。そうならないためにも、私の身体は、コンビニの為に健康でありつづけなければならないのだった。

翌日、約束通り午前から買い出しを手伝い、ミホの家まで運んで準備をした。昼にはミホの旦那さんやサツキの旦那さん、少し離れた所に住んでいる友達たちも集まり、懐かしい顔ぶれがそろった。

十四、五人ほど集まった中で、結婚していないのは私の他に二人だけだった。夫婦で来ている友達ばかりではないので何とも思わなかったが、結婚していないミキは「私たちだけ肩身が狭いね」と私に耳打ちした。

「皆ほんとうに久しぶりー！　いつ以来だろ、お花見やったとき以来？」

「私もそうかも！　地元に来るのもあのとき以来だもん」

「ねえねえ、皆今どうしてるの？」

久しぶりに地元に帰ってきたという友達も何人かいたので、一人ずつ近況を言う流れになった。

「私は今、横浜に住んでるよー。会社が近いんだ」

「あ、転職したんだ？」

「そうそう！　今はね、服飾系の会社ー！　前の職場は人間関係がちょっとね」

「私はね、結婚して埼玉にいるよー。仕事は前と同じ！」

「私はご覧のとおり、チビができて会社は育休中だよー」

ユカリが言い、私の番になった。

「私はコンビニでアルバイトしてる。身体が……」

いつも通り、妹の作ってくれた言い訳を続けようとすると、その前にエリが身を乗り出した。

「ああ、パート？　結婚したんだねー！　いつ？」

当然のようにエリが言うので、

「ううん、してないよ」

と答えた。

「あの、え、それなのにアルバイト？」

マミコが戸惑った声を出す。

「うん。ええとね、私は身体が……」

「そうそう、恵子は身体が弱いんだよね。だからバイトで働いてるんだよね」

私を庇うようにミホが言う。私の代わりに言い訳をしてくれたミホに感謝していると、ユカリの旦那さんが、

「え、でも立ち仕事でしょ？　身体弱いのに？」

と怪訝な声を出した。

彼とは初めて会うのに、そんなに身を乗り出して眉間に皺を寄せるほど、私の存在が疑問なのだろうか。

「ええと、他の仕事は経験がないので、体力的にも精神的にも、コンビニは楽なんです」

私の説明に、ユカリの旦那さんは、まるで妖怪でも見るような顔で私をみた。

「え、ずっと……？　いや、就職が難しくても、結婚くらいした方がいいよ。今はさ、ほら、ネット婚活とかいろいろあるでしょ？」

私はユカリの旦那さんが強く言葉を発した拍子に、唾液《だえき》がバーベキューの肉の上に飛んで行ったのを眺めていた。食べ物の前に身を乗り出して喋るのはやめたほう

がいいのではないかな、と思っていると、ミホの旦那さんも大きく頷いた。

「うんうん、誰でもいいから相手見つけたら？　女はいいよな、その点。男だったらやばかったよ」

「誰か紹介してあげたらー？　洋司さん、顔広いじゃない」

サツキの言葉に、シホたちが、「そうそう！」「誰かいないの、ちょうどいい人？」と盛り上がった。

ミホの旦那さんは、ミホに何か耳打ちしたあと、

「あー、でも俺の友達、既婚者しかいないからなー。無理無理、紹介は」

と苦笑いした。

「あ、婚活サイトに登録したら？　そうだ、今、婚活用の写真とればいいじゃん。ああいうのって、自撮りの画像より、今日みたいなバーベキューとか、大勢で集まってるときの写真のほうが、好感度高くて連絡来るらしいよー」

「へえ、いいねいいね、撮ろうよ！」

ミホが言い、ユカリの旦那さんが、笑いを堪《こら》えながら、

「そうそう、チャンスチャンス！」

と言った。

「チャンス……それって、やってみるといいことありますか？」

素朴に尋ねると、ミホの旦那さんが戸惑った表情になった。

「いや、早いほうがいいでしょ。このままじゃ駄目だろうし、焦ってるでしょ、正直？　あんまり年齢いっちゃうとねえ、ほら、手遅れになるしさ」

「このままじゃ……あの、今のままじゃだめってことですか？　それって、何でですか？」

純粋に聞いているだけなのに、ミホの旦那さんが小さな声で、「やべえ」と呟くのが聞こえた。

同じ独身という立場のミキは、「私も焦ってるんですけどね、海外出張とかが多くてー」と軽快に自分の環境を説明して、「まあ、ミキちゃんは仕事が凄いもんね。稼ぎだって男よりあるしさ、ミキちゃんほどになると、見合う相手もなかなかいないよなー」とユカリの旦那さんにフォローされていた。

「あ、肉焼けた、肉！」

場をとりなすようにミホが叫び、皆がほっとしたように、肉を皿に取り始めた。

ユカリの旦那さんの唾液が飛び散った肉に、皆がかじりつく。

気が付くと、小学校のあのときのように、皆、少し遠ざかりながら私に身体を背け、それでも目だけはどこか好奇心を交えながら不気味な生き物を見るように、こちらに向けられていた。

あ、私、異物になっている。ぼんやりと私は思った。

店を辞めさせられた白羽さんの姿が浮かぶ。次は私の番なのだろうか。

正常な世界はとても強引だから、異物は静かに削除《さくじょ》される。まっとうでない人間は処理されていく。

そうか、だから治らなくてはならないんだ。治らないと、正常な人達に削除されるんだ。

家族がどうしてあんなに私を治そうとしてくれているのか、やっとわかったような気がした。

なんとなくコンビニの音が聴きたくなり、ミホの家の帰り、夕方の店に顔を出した。

「あ、どうしたんですか、古倉さん」

夕勤の高校生の女の子が、掃除をしながら、私の姿に気が付いて笑顔になる。

「古倉さん、今日は休みじゃなかったですか？」

「うん、そう、実家のほうに顔を出してたんだけど、ちょっと発注だけやろうかなって……」

「えー偉い、熱心ですね」

バックルームには早めに出勤した店長がいた。

「店長、これから夜勤ですか？」

「おー古倉さん、どうしたの？」

「たまたま用事が終わって近くを通ったので、発注の数字だけ入れようかと……」

「あ、お菓子の発注？　俺、さっき数字入れちゃったけど直していいよー」

「ありがとうございます」

店長は寝不足なのか、顔色が悪い。

私は店のコンピューターを操作し、発注を始めた。

「夜勤はどうですか？　人、集まりそうですか？」

「いやー、駄目だねー。一人面接来たけど、落としちゃったよ。白羽の件もあるしさ、次は使えるやつ雇わないと」

店長は、使える、という言葉をよく使うので、自分が使えるか使えないか考えてしまう。使える道具になりたくて働いているのかもしれない。

「どんな人だったんですか?」

「いや、人はいいんだけどさ。年齢がねー。定年退職した人だったんだけど、腰が悪くて前の店をやめたばっかりだっていうんだよ。それで、うちの店でも、腰が痛いときはできれば休みたいっていうからさ。前もってわかってるならともかく、直前に休まれるくらいなら、俺が夜勤入ったほうがいいやって思ってさー」

「そうですか」

肉体労働は、身体を壊してしまうと「使えなく」なってしまう。いくら真面目でも、がんばっていても、身体が年を取ったら、私もこのコンビニでは使えない部品になるのかもしれない。

「あ、古倉さん、今度の日曜日、午後だけ入ることってできる? 菅原さんがライブで出れなくてさー」

「はい、入れます」

「ほんと? いや、助かるわあ」

今はまだ、私は「使える」道具だ。安堵と不安、両方を内臓に抱えながら、「いえ、稼ぎたいんでむしろうれしいですよっ!」と、私は菅原さんの喋り方で微笑みかけた。

店の外にいる白羽さんの姿に気が付いたのは偶然だった。

夜、誰もいないオフィス街の隅にむっくりとした影があるので、私は小さい頃あそんだ影送りを思いだして、目をこすった。近づいてみると、おどおどとした白羽さんがビルの陰で腰を屈《かが》めて身を隠しているのがわかった。

白羽さんは、住所を知ろうとしていた女性客が出てくるのを待っているようだった。女性はいつも会社帰りに店に寄ってドライフルーツを買っていくので、その時間までバックルームをうろうろしていると、前に店長が言っていたことを思い出した。

「白羽さん、今度こそ警察呼ばれますよ」

私は白羽さんに気が付かれないように背後にまわり、声をかけた。白羽さんはこちらのほうがびっくりするほど身体を震わせて振り向き、私だと解ると顔をしかめた。

「なんだ……古倉さんじゃないですか」

「待ち伏せですか？　お客様に対する迷惑行為は、店員の禁忌《きんき》中の禁忌ですよ」

「僕はもうコンビニ店員じゃない」

「私が店員として見過ごすことはできません。店長にも厳重注意されましたよね？今、店にいるんで呼んできますよ？」

白羽さんは私には強気になれるのか、背筋を伸ばして私を見下ろした。

「あんな底辺の社畜《しゃちく》に何ができるんだ。僕がしたことを悪いことだとは思わない。気に入った女がいたら見初《みそ》めて、自分の物にする。それは昔から伝わる男女の伝統じゃないか」

「白羽さん、前に強い男が女性を手に入れるって言ってましたよね。矛盾《むじゅん》してますよ」

「僕は確かに今は仕事をしていないけれど、ビジョンがある。起業すればすぐに女たちが僕に群がるようになる」

「じゃあ、先にちゃんと白羽さんがそういう風になって、実際に群がってきた女性の中から選ぶのが筋なのではないですか？」

白羽さんは気まずそうに俯き、「とにかく、みんなが気が付いていないだけで、今は縄文時代と変わらないんだ。所詮動物なんだ」と、論点がずれたことを言った。

「僕に言わせれば、ここは機能不全世界なんだ。世界が不完全なせいで、僕は不当な扱いを受けている」

そうなのかもしれないと思ったし、完全に機能している世界というものがどういうものなのか、想像できないとも思った。「世界」というものが何なのか、私にはだんだんわからなくなってきていた。架空のものであるような気すらする。

白羽さんは、黙っている私を見て、突然顔を押さえた。くしゃみでもするのかと思って待っていると、指の間から水滴が垂《た》れてきて、どうやら泣き出したようだと気が付いた。こんなところを客に見られたら大変だと、私は、「とりあえず、どこか入りましょうか」と、白羽さんの腕を摑《つか》んで、近くのファミレスへと向かった。

「この世界は異物を認めない。僕はずっとそれに苦しんできたんだ」

ドリンクバーのティーバッグのジャスミンティーを飲みながら、白羽さんが言った。

ジャスミンティーは、動かない白羽さんにかわって私がいれたものだ。黙って座っているので、前に置いてあげないと礼も言わずに飲み始めた。

「皆が足並みを揃えていないと駄目なんだ。何で三十代半ばなのにバイトなのか。何で一回も恋愛をしたことがないのか。性行為の経験の有無まで平然と聞いてくる。『ああ、風俗は数に入れないでくださいね』なんてことまで、笑いながら言うんだ、あいつらは！　誰にも迷惑をかけていないのに、ただ、少数派だというだけで、皆が僕の人生を簡単に強姦《ごうかん》する」

　どちらかというと白羽さんが性犯罪者寸前の人間だと思っていたので、迷惑をかけられたアルバイト女性や女性客のことも考えずに、自分の苦しみの比喩《ひゆ》として気軽に強姦という言葉を使う白羽さんを、被害者意識は強いのに、自分が加害者かもしれないとは考えない思考回路なんだなあ、と思って眺めた。

　自分を可哀想がるのが白羽さんの趣味なのではないかとすら思いながら、

「はあ。それは大変ですね」

　と適当に相槌《あいづち》を打った。私もそれに似た億劫さは感じているが、特に守りたいものが自分にあるわけではないので、何で白羽さんがそんなに当り散らすのかわからない。まあさぞかし生きづらいのだろうな、と思いながら、自分は白湯《さゆ》を飲んでいた。

　味がする液体を飲む必要性をあまり感じないので、ティーバッグを入れずにお湯を飲んでいるのだ。白羽さんは、

「だから僕は結婚をして、あいつらに文句を言われない人生になりたいんだ」

　と言った。

「金がある相手がいい。僕にはネット起業のアイデアがあるんだ。真似されたら困るから、詳しく説明はできないですけどね。それに投資してくれる相手が最高だ。僕のアイデアは必ず成功するし、そうしたらだれも僕に文句をつけられない」

「え、自分の人生に干渉してくる人たちを嫌っているのに、わざわざ、その人たちに文句を言われないために生き方を選択するんですか？」

それは結局、世界を全面的に受容することなのでは、と不思議に思ったが、

「僕はもう疲れたんだ」

と白羽さんが言うので頷いた。

「疲れるのは、非合理的ですね。結婚をしただけで文句を言われないなら、手早くて合理的ですね」

「簡単に言わないでくださいよ。女と違って、男はそれだけじゃ文句を言われるんだよ。社会に出ていなければ就職しろ、就職すればもっと金を稼げ、金を稼げば嫁をもらって子孫を作れ。ずっと世界に裁《さば》かれ続ける。気楽な女と一緒にしないでください」

不機嫌そうに白羽さんが言い、「え、それでは全然解決しないじゃないですか。意味ないのでは？」と言ったが、白羽さんはそれには答えずに熱心に喋りつづけた。

「僕はいつからこんなに世界が間違っているのか調べたくて、歴史書を読んだ。明治、江戸、平安、いくら遡《さかのぼ》っても、世界は間違ったままだった。縄文時代まで遡っても！」

白羽さんがテーブルを揺らし、ジャスミンティーがカップから溢《あふ》れた。

「僕はそれで気が付いたんだ。この世界は、縄文時代と変わってないんですよ。ムラのためにならない人間は削除されていく。狩りをしない男に、子供を産まない女。現代社会だ、個人主義だといいながら、ムラに所属しようとしない人間は、干渉され、無理強いされ、最終的にはムラから追放されるんだ」

「白羽さんは、縄文時代の話が好きですね」

「好きじゃない。大嫌いだ！　でも、この世は現代社会の皮をかぶった縄文時代なんですよ。大きな獲物を捕ってくる、力の強い男に女が群がり、村一番の美女が嫁いでいく。狩りに参加しなかったり、参加しても力が弱くて役立たないような男は見下される。構図はまったく変わってないんだ」

「はあ」

間の抜けた相槌しか打つことができない。けれど、白羽さんの言うことを、完全に否定できるわけでもなかった。コンビニと一緒で、私たちは入れ替わっているだけで、ずっと同じ光景を続けているのかもしれない。

常連の女性客の、「変わらないわねえ」という言葉が、頭の中で反響した。

「古倉さんは、何でそんなに平然としているんですか。自分が恥ずかしくないんですか？」

「え、何でですか？」

「バイトのまま、ババアになってもう嫁の貰い手もないでしょう。あんたみたいなの、処女でも中古ですよ。薄汚い。縄文時代だったら、子供も産めない年増の女が、結婚もせずムラをうろうろしてるようなものですよ。ムラのお荷物でしかない。俺は男だからまだ盛り返せるけれど、古倉さんはもうどうしようもないじゃないですか」

　さっきまで文句をつけられて腹をたてていたのに、自分を苦しめているのと同じ価値観の理屈で私に文句を垂れ流す白羽さんは支離滅裂だと思ったが、自分の人生を強姦されていると思っている人は、他人の人生を同じように攻撃すると、少し気が晴れるのかもしれなかった。

　白羽さんは自分が飲んでいるのがジャスミンティーだというのに気が付いたのか、「僕、コーヒーが飲みたいんですけど」と不満そうな声をあげ、私は立ち上がってドリンクバーでコーヒーを淹《い》れ、白羽さんの前に置いた。

「不味《まず》い。やっぱり駄目だな、こんなところのコーヒーは」

「白羽さん、婚姻だけが目的なら私と婚姻届を出すのはどうですか？」

自分の席に二杯目の白湯を置いて椅子に座りながら切り出すと、白羽さんが、

「はあ⁉」

と大声を出した。

「そんなに干渉されるのが嫌で、ムラを弾《はじ》かれたくないなら、とっととすればいいじゃないですか？　狩り……つまり就職に関してはわかりませんが、婚姻することで、とりあえず、恋愛経験や性体験云々《うんぬん》に対して干渉されるリスクはなくなるのでは？」

「突然なにを言ってるんだ。ばかげてる。悪いですけど、僕は古倉さん相手に勃起《ぼっき》しませんよ」

「勃起？　あの、それが婚姻と何の関係が？　婚姻は書類上のことで、勃起は生理現象ですが」

白羽さんが口を閉じたので、私は丁寧に説明した。

「白羽さんの言うとおり、世界は縄文時代なのかもしれないですね。ムラに必要の

ない人間は迫害され、敬遠される。つまり、コンビニと同じ構造なんですね。コンビニに必要のない人間はシフトを減らされ、クビになる」

「コンビニ……？」

「コンビニに居続けるには『店員』になるしかないですよね。それは簡単なことです、制服を着てマニュアル通りに振る舞うこと。世界が縄文だというなら、縄文の中でもそうです。普通の人間という皮をかぶって、そのマニュアル通りに振る舞えばムラを追い出されることも、邪魔者扱いされることもない」

「何を言っているのかわからない」

「つまり、皆の中にある『普通の人間』という架空の生き物を演じるんです。あのコンビニエンスストアで、全員が『店員』という架空の生き物を演じているのと同じですよ」

「それが苦しいから、こんなに悩んでいるんだ」

「でも白羽さん、ついさっきまで迎合《げいごう》しようとしてたじゃないですか。やっぱりいざとなると難しいですか？　そうですよね、真っ向から世界と戦い、自由を獲得するために一生を捧げる方が、多分苦しみに対して誠実なのだと思います」

白羽さんは言葉がない様子で、コーヒーをただ睨んでいた。

「だから、難しいなら無理することはないんです。白羽さんと違って、私はいろんなことがどうでもいいんです。特に自分の意思がないので、ムラの方針があるならそれに従うのも平気だというだけなので」

皆が不思議がる部分を、自分の人生から消去していく。それが治るということなのかもしれない。

ここ二週間で14回、「何で結婚しないの？」と言われた。「何でアルバイトなの？」は12回だ。とりあえず、言われた回数が多いものから消去していってみようと思った。

私はどこかで、変化を求めていた。それが悪い変化でもいい変化でも、膠着状態《こうちやく》の今よりましなのではないかと思えた。白羽さんは、返事をしないまま、目の前のコーヒーの黒い水面を、穴でも開いているかのように深刻な風情《ふぜい》で覗きこんでいるだけだった。

結局、いざ「それじゃあ」と帰ろうとすると白羽さんは「いや、もう少し考えてみても……」などと曖昧なことを言い、うだうだと引き止められて時間が過ぎて行った。

ぽつりぽつりと白羽さんが話すには、彼はルームシェアをしていたようだが、家賃を滞納《たいのう》してしまい、ほとんど追い出されかかっているという。以前はこういうときは北海道の実家に帰ってしのいでいたが、5年前に弟が結婚して、今では実家は二世帯住宅に改装されてお嫁さんと甥っ子が住んでおり、帰っても居場所がないのだという。白羽さんは弟の奥さんに毛嫌いされているらしく、今までは甘えて金を借りることが出来たのに、それも自由にできなくなったそうだった。

「あの嫁が口を出してきてからおかしくなったんだ。あいつなんて弟に寄生している存在のくせに、我が物顔で家をうろうろしやがって、死ね！」

恨みつらみを交えた白羽さんの身の上話は長くて、私は途中からほとんど聞かずに時計を見ていた。

もう夜の11時になろうとしている。私は明日もアルバイトだ。体調管理をして健康な体をお店に持って行くことも時給の内だと、2人目の店長に教わったというのに、寝不足になってしまう。

「白羽さん、それじゃ家に来ませんか？　食費を出してくれれば泊めますよ」

白羽さんは行くところがないみたいで、このまま放っておいたら朝までドリンクバーで粘りそうな勢いだった。私はもう面倒になり、「あ、」「いや、でも」などという白羽さんを強引に家に連れ帰った。

部屋に入り近くに寄って気が付いたが、白羽さんからは、浮浪者のような臭いがした。とりあえず風呂に入るように言い、バスタオルを押し付けて無理矢理風呂場のドアを閉めた。中からシャワーの音が聞こえはじめ、ほっと息をついた。

白羽さんのシャワーは長く、待っているうちに眠ってしまいそうだった。私はふと思いついて、妹に電話をした。

『もしもし？』

妹の声だ。まだぎりぎり日付は変わっておらず、妹は起きていたようだった。

「夜遅くごめんね。悠太郎くんは平気？」

『うん、大丈夫、悠太郎もよく寝てて、のんびりしてたとこ。どうしたの？』

妹と同じ家の中で寝ているだろう、甥っ子の姿が頭に浮かんだ。妹の人生は進んでいる。何しろ、この前まではいなかった生き物がそこにいるのだ。妹も、母のように私の人生にも変化を求めているのだろうか。私は実験するような気持ちで、妹に打ち明けた。

「夜中に電話して言うほどのことじゃないんだけど……あのね、実は、今、家に男性がいるんだ」

『えっ⁉』

妹の声がひっくりかえり、しゃっくりのような声が聞こえてきたので大丈夫か聞こうとすると、ほとんど叫ぶような妹の慌てた声に遮《さえぎ》られた。

『えっ、本当⁉　うそでしょう⁉　え、いつから⁉　いつのまに、お姉ちゃん、どんな人⁉』

妹の勢いに圧倒されながら、私は答えた。

「最近かなあ。バイト先の人だよ」

『ええ、お姉ちゃん、おめでとう……！』

詳しい事情も聞かずに突然祝福し始めた妹に、少し困惑した。

「おめでたいかな？」

『どんな人かわからないけど、お姉ちゃん、今までそういう話したことなかったから……うれしいよ！　応援する！』

「そう……？」

『それで、私に報告してきたってことは、もしかして結婚とかもう考えてるの……⁉　あ、ごめん、気が早かったかな⁉』

妹は今までにないくらい饒舌になっている。その興奮した様子に、現代社会の皮を被《かぶ》っていても今は縄文だというのも、あながち的外れではないような気がしてきた。

そうか、もうとっくにマニュアルはあったんだ。皆の頭の中にこびりついているから、わざわざ書面化する必要がないと思われているだけで、「普通の人間」というものの定型は、縄文時代から変わらずずっとあったのだと、今更私は思った。

『お姉ちゃん、本当によかったね。ずっといろいろあって苦労してきたけど、全部わかってくれる人を見つけたんだね……！』

妹はなんだか勝手に話を作り上げて感動していた。わたしが「治った」と言わんばかりのその様子に、こんな簡単なことでいいならさっさと指示を出してくれれば遠回りせずに済んだのに、と思った。


電話を切ると、風呂を出た白羽さんが所在無げに佇んでいた。

「ああ、着替えがないですよね。これ、お店がオープンしたころの制服で、今の制服にデザインが変わったときにもらったものなんです。男女兼用なので、入るんじゃないかと思うんですが」

白羽さんは少し躊躇したが、緑色の制服を手に取って素肌に羽織《はお》った。手足が長いので少し窮屈そうだが、なんとかチャックが閉まったようだ。下半身にはタオルしか巻いてなかったので、部屋着にしているハーフパンツを渡した。

白羽さんは何日お風呂に入っていなかったのかわからないが、脱ぎ捨てた下着と洋服からは異臭がした。とりあえず洗濯機に突っ込んで、「適当に座っていいですよ」と声をかけると、白羽さんはおずおずと部屋に座った。

小さな和室で、古い造りなので風呂とトイレは別になっている。換気があまりよくないので、白羽さんの入った後の風呂場のドアから、湿気と湯気がむわりと部屋にたちこめていた。

「ちょっと部屋が暑いですね。窓あけますか？」

「あ、いや……」

白羽さんはなんだかそわそわと、立ち上がりかけたり、座りなおしたりしていた。

「トイレならそっちです。少し流れが悪いですが、大のほうにめいっぱいレバーを回してください」

「あの、トイレは別にいいです」

「とりあえず、行くところがないんですよね。ルームシェアの部屋も半分追い出されかかってるんですもんね」

「はあ……」

「私、思ったんですけど、白羽さんが家にいると都合がいいかもしれません。今、試しに妹に電話してみたんですけど、勝手に話を作ってすごく喜んでくれるんですよね。男女が同じ部屋にいると、事実はどうあれ、想像を広げて納得してくれるものなんだなと思いました」

「妹さんに……」

白羽さんは戸惑った様子で言った。

「あ、缶コーヒー飲みますか？　サイダーもあります。ヘコ缶を買ってきただけなんで、冷えてないですけど」

「ヘコ……？」

「ああ、説明したことなかったですかね。缶がへこんで売り物にならない商品を、そう呼ぶんです。あとは牛乳とポットの白湯しかないんですけど」

「はあ、缶コーヒーをもらいます」

家には折り畳み式の小さなテーブルがあるだけだ。部屋が狭いので、敷きっぱなしだった布団は丸まって冷蔵庫の前に押しやられている。妹や母親が泊まりにくることがたまにあるので、押入れの中にはもう一組布団がある。

「布団もあるので、行き場所がないなら白羽さんを泊めることは一応、できます。狭いですが」

「泊まる……」

そわそわとしだした白羽さんは、「いや、でも僕は、けっこう潔癖《けっぺき》症なので……きちんと準備しないとちょっと……」と小さな声で言った。

「潔癖症なら、布団はつらいかもしれませんね。しばらく使ってないし、干してもいないし。この部屋、古いのでゴキブリもけっこう出るんです」

「いや、それはあの、ルームシェアの部屋も別に綺麗じゃなかったしどうでもいいんですけど、ほら、あれでしょ、既成事実みたいなのを作られるのはね、ねえ、男としては警戒しないといけないんで……いきなり妹さんに電話するなんて、古倉さん、かなり必死じゃないですか」

「何かいけなかったですか？　ちょっと反応が見てみたくて電話したんですけど」

「いや、そういうのって、けっこう怖いですよね。ネットでそういう話よく読んでたけど、本当にいるんだなあ、そんなに必死に誘われても、引くっていうか……」

「はあ……行くところがなくて困っているならと思ったんですが、迷惑なんだったら、洗濯機もまだまわしてないし、洋服お返しするんで帰って大丈夫ですよ」

白羽さんは、「いや、とはいえ……」とか、「でも、そこまで言われると……」とよくわからないことをもごもご言っていて、話が少しも進まなかった。

「あの、悪いんですけど、もう夜なんで、寝てもいいですか？　帰りたいときは勝手に帰っていいし、眠りたいときは布団を自分で敷いて適当に寝てください。明日も朝からコンビニなんです。時給の中には、健康な状態で店に向かうという自己管理に対するお金も含まれてるって、16年前、2人目の店長に習いました。寝不足で店に行くわけにはいかないんですが」

「あ、コンビニ……はあ……」

白羽さんは間抜けな声をだしたが、かまっていては朝になってしまうと思ったので、自分の布団を出して敷いた。

「疲れてるんで、明日の朝お風呂に入ります。なので早朝少しうるさくするかもしれませんが、おやすみなさい」

歯磨きを済ませて目覚ましをセットし、私は布団に入って目を閉じた。時折、ごそり、ごそり、という白羽さんのたてる音が聞こえてきたが、だんだんと頭の中にあるコンビニの音のほうが強くなり、いつのまにか眠りの中に吸い込まれていた。

翌日目が覚めると、白羽さんは押入れに下半身を突っ込むような状態で眠っており、私が風呂に入っても目を覚まさなかった。

『出ていくなら鍵はポストにお願いします』

そう書置きを残し、私はいつも通り8時に店に着くよう出勤した。

私の家にいるのは本意ではない、というような口ぶりだったのでもういないだろうと思ったが、帰ると、白羽さんはまだ部屋にいた。

何をするでもなく、折り畳み式のテーブルに肘《ひじ》をついて、白ぶどうサイダーのヘコ缶を飲んでいる。

「まだいたんですね」

声をかけると、びくりと身体を揺らした。

「はあ……」

「今日一日、妹からのメールが凄《すご》かったんです。妹が私に関することでこんなにはしゃいでるのを初めて見ました」

「そりゃあ、そうですよ。処女のまま中古になった女がいい歳してコンビニのアルバイトしているより、男と同棲でもしてくれたほうがずっとまともだって妹さんも思ってるってことですよ」

きのうのまごついた様子はなくなっていて、いつもの白羽さんに戻っていた。

「はあ、まともではないですか、やっぱり」

「いいですか。ムラのためにならない人間には、プライバシーなんてないんです。皆、いくらだって土足で踏み込んでくるんですよ。結婚して子供を産むか、狩りに行って金を稼いでくるか、どちらかの形でムラに貢献しない人間はね、異端者なんですよ。だからムラの奴等はいくらだって干渉してくる」

「はあ」

「古倉さんも、もう少し自覚したほうがいいですよ。あんたなんて、はっきりいって底辺中の底辺で、もう子宮だって老化しているだろうし、性欲処理に使えるような風貌でもなく、かといって男並みに稼いでるわけでもなく、それどころか社員でもない、アルバイト。はっきりいって、ムラからしたらお荷物でしかない、人間の屑《くず》ですよ」

「なるほど。しかし、私はコンビニ以外では働けないんです。一応、やってみようとしたことはあるんですが、コンビニ店員という仮面しかかぶることができなかったんです。なので、それに文句を言われても困るんですが」

「だから現代は機能不全世界なんですよ。生き方の多様性だなんだと綺麗ごとをほざいているわりに、結局縄文時代から何も変わってない。少子化が進んで、どんどん縄文に回帰している、生きづらい、どころではない。ムラにとっての役立たずは、生きていることを糾弾《きゅうだん》されるような世界になってきてるんですよ」

白羽さんは散々私に毒づいていたのに、今度は世界にたいして怒りを露《あら》わにしている。どっちに怒っているのかよくわからなかった。手当たり次第、目に入ったものを言葉で殴っているだけに見えた。

「古倉さん、あなたの提案、突拍子もないと思いましたが、悪くないですよ。協力してやってもいい。僕が家にいれば、貧乏人が同棲している、という程度で、見下されはするかもしれないけれど、皆、納得してくれる。今のあんたは意味不明ですよ。結婚も就職もしていないなんて、社会にとって何の価値もない。そういう人間はね、ムラから排除されますよ」

「はあ……」

「僕は婚活していて、あなたは僕の理想には程遠い。アルバイトで大した金はないから僕は起業することができないし、だからといってあんたみたいなので性欲処理ができるわけでもない」

白羽さんはまるで酒でもあおるように、ヘコ缶のサイダーを一気飲みした。

「でもまあ、僕と古倉さんは利害が一致していますしね。このままここにいてやってもいい」

「はあ」

私はヘコ缶の入った紙袋の中からチョコレートメロンサイダーを取り出し、白羽さんに渡した。

「あの、それで、白羽さん側には何のメリットが？」

白羽さんはしばらく黙ったあと、小さな声で言った。

「僕を隠してほしい」

「は？」

「僕を世界から隠してほしいんだ。僕の存在を利用して、口ではいくらでも広めてくれてかまわない。僕自身は、ずっとここに隠れていたい。もう赤の他人に干渉されるのはうんざりなんだ」

白羽さんは俯いてチョコレートメロンサイダーを啜《すす》った。

「外に出たら、僕の人生はまた強姦される。男なら働け、結婚しろ、結婚をしたならもっと稼げ、子供を作れ。ムラの奴隷だ。一生働くように世界から命令されている。僕の精巣《せいそう》すら、ムラのものなんだ。セックスの経験がないだけで、精子の無駄遣いをしているように扱われる」

「それは、苦しいですね」

「あんたの子宮だってね、ムラのものなんですよ。使い物にならないから見向きもされないだけだ。ぼくは一生何もしたくない。一生、死ぬまで、誰にも干渉されずにただ息をしていたい。それだけを望んでいるんだ」

白羽さんは祈るように、両手を組み合わせた。

私は、白羽さんの存在が自分にとって有益かどうか考えていた。母も妹も、そして私も、治らない私に疲れはじめていた。変化が訪れるなら、悪くても良くても今よりましなような気がした。

「私には白羽さんほどの苦しみはないかもしれませんが、今のままだとコンビニで働きづらいのも事実です。新しい店長に、いつも、なんでバイトしかしたことないのか聞かれるし、言い訳をしないと不審がられてしまうんですよね。ちょうど、いい言い訳を探していたところではあったんです。白羽さんがそれなのかは知りませんが」

「僕さえここにいれば世間は納得しますよ。あなたにとってメリットしかない取引だ」

白羽さんは自信ありげだった。私から提案したものの、それほど強く言われると胡散臭《うさんくさ》かったが、見たこともなかった妹のリアクションや、恋愛をしたことがないと言ったときのミホたちの表情を思い浮かべ、本当に試してみるのもそんなに悪くないか、と思えた。

「取引といっても、報酬は必要ありませんよ。あなたは僕をここにおいて、食事さえ出してくれればそれでいい」

「はあ……まあ、白羽さんに収入がない限り、請求してもしょうがありませんよね。私も貧乏なので現金は無理ですが、餌《えさ》を与えるんで、それを食べてもらえれば」

「餌……？」

「あ、ごめんなさい。家に動物がいるのって初めてなので、ペットのような気がして」

白羽さんは私の言い回しに不機嫌そうにしつつも、「まあ、それでいいでしょう」と満足げに言い放った。

「ところで、僕は朝から何も食べていないんですが」

「ああ、はい、冷凍庫にご飯と、冷蔵庫に茹《ゆ》でた食材があるので、適当に食べてください」

私は皿を出してテーブルに並べた。茹でた野菜に醬油《しょうゆ》をかけたものと、炊《た》いた米だ。

白羽さんは顔をしかめた。

「これは何ですか？」

「大根と、もやしと、じゃがいもと、お米です」

「いつもこんなものを食べているんですか？」

「こんなもの？」

「料理じゃないじゃないですか」

「私は食材に火を通して食べます。特に味は必要ないのですが、塩分が欲しくなると醬油をかけます」

丁寧に説明したが、白羽さんには理解ができないようだった。嫌々口に運びながら、「餌だな」と吐き捨てるように言った。

だからそう言っているのに、と思いながら、私は大根をフォークで刺して、口に運んだ。

ほとんど、詐欺師《さぎ》をそれとわかっていて家に住まわせるような感覚で白羽さんを家に置き始めた私だが、意外と、白羽さんの言うことは当たっていた。

家に白羽さんがいると都合がいい。そう思うのに時間はかからなかった。

妹の次に白羽さんのことを話したのは、ミホの家に集まったときだった。皆で集まってケーキを食べながら、私は、家に白羽さんがいることをさりげなく口にした。

皆の狂喜乱舞《きょうきらんぶ》は、頭がおかしくなったのだろうかと思うほどだった。

「え、なに、いつから⁉　いつから⁉」

「どんな人⁉」

「よかったねええええ！　私、心配してたんだよ、恵子はどうなるのかなって……本当によかった‼」

皆の勢いを不気味に思いながら、「ありがとう」とだけ口にした。

「ねえねえ、仕事は？　何やってる人なの？」

「何もしてない。起業するのが夢だって言っていたけど、口だけみたい。家でごろごろしてる」

皆、表情を変えて、身を乗り出して私の話を聞きだした。

「いるいる、そういう男……でもそういう人ほど、妙にマメだったり優しかったりして、魅力的だったりするんだよね。友達も、何がいいんだろうと思うんだけどやっぱりそういう人にハマっちゃって」

「私の友達も、不倫してた反動で、ヒモにハマっちゃってさ。家事をやってくれるならまだ、専業主夫って言えるけど、それすらしないの。でも友達が妊娠したら、ころっと態度変えて、今では幸せそうだよー」

「そうそう、そういう男には妊娠が一番！」

私が「恋愛をしたことがない」と言ったときより皆うれしそうで、そして全てわかってるから、という口ぶりで話し続けている。恋愛もセックスもしたことがない、就職もしたことがない、前の私のことは、たまに理解不能だというリアクションを示したが、白羽さんを家に住まわせている私のことは、未来のことまで全てお見通しだと言わんばかりだった。

友達があぁだこうだと白羽さんと私のことを話しているのを聞いていると、まるで赤の他人の話を聞いているようだった。皆の中で勝手に話が出来上がっているようで、私と白羽さんと名前だけが同じ登場人物の、私とは関係のない物語なのだった。

口をはさもうとすると、「まあまあ、忠告は聞いといたほうがいいって！」「そうそう、恵子は恋愛初心者なんだから。私たちのほうがずっと、そういう男の生態についてはうんざりするほど聞いてきてるんだから」「ミホも、若い頃一度だけあったよねー」と楽しそうなので、聞かれた情報を答える以外は特に何もしないことにした。

皆、初めて私が本当の「仲間」になったと言わんばかりだった。こちら側へようこそ、と皆が私を歓迎している気がした。

今まで私は皆にとって、「あちら側」の人間だったんだな、と痛感しながら、皆が唾を飛ばして話し続けるのを、「なるほど！」と菅原さんの言い方でハキハキと頷きながら聞いていた。

白羽さんを飼い始め、コンビニでの私はさらに順調だった。ただ、白羽さんの分の食費がかかる。今まで休んでいた金曜と日曜もこれからはシフトを入れてもらおうかと考えると、ますます身体がよく動いた。

外のゴミを片付けてバックルームに行くと、夜勤明けでちょうど店長がシフトを作っているところだったので、何気なく声をかけた。

「あの店長、金曜日と日曜日って埋まってますか？　稼ぎたいんで、もっと働けるとうれしいんですが」

「どうしたの、古倉さん、さすがだねー、やる気ある！　いや、でも週一は休みをとってくれないと違反になっちゃうからなー。他の店と掛け持ちする？　どこも人手不足だから喜ばれるよー」

「助かります！」

「身体は壊さないようにねー。あ、これ、今月の明細ね」

店長から給料の明細を渡され、バッグに入れていると、「あー、白羽さんにも渡さないとなー。私物も置きっぱなしだし、連絡とれないんだよなー」と店長が溜息をつくのが聞こえた。

「え、電話繋がらないですか？」

「繋がるんだけど、とらねえんだよ。そういうところが駄目なんだよ、あいつは。私物は持ってくんなって言ってんのに、ロッカーにまだ大量に入ってるし」

「持って行きましょうか？」

明日から、夜勤に新人の男の子が来ることになっている。ロッカーが埋まっているのは困るだろうと、つい口が滑《すべ》ってしまった。

「え？　持って行くって、白羽さんにってこと？　なに、古倉さん、あいつと連絡とってるの？」

意外そうに店長が言い、しまったな、と思いながらも頷いた。

俺と面識のない人にならいくら話してもいいけれど、コンビニには僕の存在を漏らさないで欲しい。そう白羽さんからは言われていた。

僕を知る全ての人から僕を隠してほしい。僕は誰にも迷惑をかけていないのに、皆が平然と僕の人生に干渉してくる。僕はただ静かに息をしていたいだけなんだ。

白羽さんが独り言のように言っていたのを思いだしていると、カメラの中から自動ドアのチャイムの音が聞こえた。

防犯カメラの映像に目をやると、集団の男性客が入ってきたのに気が付く。一気に店の中が賑わい、私はレジにいるのが先週から入った新人のトゥアンくんだけなのを見て、急いでレジに行こうとした。

「なになに、逃げることないじゃん！」

店長が楽しそうに叫び、私は防犯カメラの映像を指差して、「レジが混んできてます！」と言ってレジへと走った。

レジに着いた頃には三人ほど客が並んでいて、トゥアンくんが戸惑った表情でレジを操作していた。

「あの、これ……」

どうやら商品券の操作に戸惑っているらしい。手早く操作しながら教え、「これはね、お釣りが出る商品券だからね。お釣りをお渡ししてね！」と伝えて自分はもう一方のレジへ走る。

「お待たせしました！　こちらのレジへどうぞ！」

待たされて少し不機嫌そうになった男性客がレジへ来て、

「あっちの人、新人？　急いでるんだけど」

と苛々《いらいら》した口調で言うので、「申し訳ありません！」と頭を下げた。

トゥアンくんはまだ操作に慣れないから、泉さんが一緒にレジを見ていたはずだ。見ると、泉さんはパック飲料の発注に集中していて、レジが混んできたことに気が付いていないようだった。

やっとレジが落ち着き、今日のセール品であるからあげ棒がまだできていないのに気が付き、慌ててバックルームの冷凍庫へと走った。

バックルームに行くと、店長と泉さんが楽しそうに何か話しているところだった。

「店長、今日、からあげ棒、目標１００本ですよね！　まだ昼ピークの分全然できてなくて、ＰＯＰもついてないみたいなんです！」

それは大変だ、と泉さんと店長が言うと思ったのに、泉さんが身をのりだして私に話しかけてきた。

「ねえねえ、古倉さん、白羽さんと付き合ってるってほんとー⁉」

「いや、あの、泉さん、からあげ棒が」

「ちょっとちょっと、何時《いつ》の間にそういうことになってたのー⁉　お似合いなんだけど！　ねえ、どっちから告白したの？　白羽さん？」

「古倉さん、照れちゃって全然答えてくれないんだよなー！　今度飲み会やんない？　白羽さんも連れてきてよー！」

「店長、泉さん、からあげ棒が……！」

「誤魔化《ごまか》さないでさ、教えてよー！」

私は苛々として、「付き合ってるっていうか、今家にいるってだけですよ！　店長、そんなことよりからあげ棒がまだ１本もできてないんです！」と叫んだ。

「え、同棲⁉」

泉さんが叫び、店長が、

「マジでー⁉」

と嬉しそうな声をあげる。私はもう何を言っても無駄だと、急いで冷凍庫からからあげ棒の在庫を取り出して、両手いっぱいに抱えてレジへと走った。

私は二人の様子に衝撃を受けていた。コンビニ店員にとって、いつも130円のからあげ棒が110円のセールになるということより、店員と元店員のゴシップのほうが優先されるなんてありえないことだ。二人ともどうしてしまったのだろう。私が血相を変えてからあげ棒を抱えて走っているのに気が付いたのか、トゥアンくんがこちらへきて半分持ってくれて、

「スゴイ、これ、全部作りマスカ？」

と、少しだけカタコトの日本語で言ってくれた。

「そうだよ。今日からセールなの。店の目標は100本で、前回のセールのときに91本売れたから、今度こそ達成させるんだよ。この日の為に、夕方に働いている沢口さんが、大きなPOPを作ってくれたの。それを飾って、皆で一丸となって、からあげ棒を売るんだよ。それが今、このお店で一番大切なことなんだよ」

言いながらなぜか涙ぐみそうになってしまい、トゥアン君は早口の私の日本語が全部は聞き取れなかったらしく、「イチガン？」と首をかしげた。

「みんなが一つになってがんばるってことだよ！　トゥアンくん、これ、全部今すぐ作って！」

私の言葉に、トゥアンくんは、「これゼンブ！　大変デスね！」と頷いてくれて、

おぼつかない手付きでからあげ棒を作り始めてくれた。

私はファーストフードのショーケースのほうへ走り、沢口さんが2時間も残業して作ってくれた、「大人気！　ジューシーでおいしいからあげ棒、なんと今だけ110円！」というPOPを飾り始めた。

脚立《きゃたつ》に乗って、天井から、段ボールと色画用紙で作った立体のからあげ棒の看板をぶら下げる。沢口さんが「今度こそ100本達成しましょう！」と言って作ってくれた素晴らしい看板だ。

店員でいる間、私たちは一つの目標に力を合わせて向かっていく同志だったのに。泉さんも店長も、どうしてしまったのだろう。

店に客が入ってきて、私は叫んだ。

「いらっしゃいませ、こんにちはー！　本日よりからあげ棒が110円です！　いかがですかー！」

出来立てのからあげ棒を並べていたトゥアンくんも、

「からあげ棒、いかがデスカー！」

と声を張り上げてくれた。

店長と泉さんは、まだバックルームから出て来ない。微かに、泉さんの笑い声が聞こえた気がした。

「安いデス、からあげ棒、いかがデスカー!」

慣れないながらも声を張り上げてくれるトゥアンくんだけが、今は、私のかけがえのない同志だった。


近所のスーパーで、もやしと鶏肉とキャベツを買って帰ると、白羽さんが見当たらなかった。

食材を茹でる準備をしながら、もしかしたら白羽さんは出て行ったのかもしれないな、と考えていると、風呂場から物音がした。

「あれ、白羽さん? いるんですか?」

風呂場をあけると、白羽さんが洋服を着たまま乾いたバスタブの中に座り、タブレットで動画を見ているところだった。

「なんでここにいるんですか?」

「最初は押入れにいたんですけど、虫が出るんですよ。ここなら虫はいないし、落ち着いて過ごせるんで」

と白羽さんは答えた。

「今日も茹でた野菜ですか？」

「ああ、そうです。今日はもやしと鶏肉とキャベツに火を通してます」

「そうですか」

白羽さんが俯いたまま言った。

「今日、帰り遅かったですね。もうお腹がすいてるんですけど」

「あがろうとしたら、店長と泉さんが話しかけてきて離してくれなかったんですよ。店長なんて休日出勤なのに、ずっと店にいて。白羽さんを飲み会に連れて来いってしつこく言われました」

「え……ひょっとして、僕のこと話したんですか？」

「ごめんなさい、口が滑ったんです。あ、これどうぞ。白羽さんの私物と給料明細、受け取ってきました」

「……そうですか……」

白羽さんはタブレットを握りしめて黙り込んだ。

「隠してくれって言ったのに……言ってしまったんですね」

「ごめんなさい、悪気はなかったんです」

「いや……困るのは古倉さんですよ」

「え？」

何で私が、と首をかしげた。

「きっと奴らは、僕を引き摺《ず》り出して叱ろうとする。けれど僕は絶対に行かない。ここに隠れ続ける。そうしたら、次に叱られるのは、古倉さん、あなたですよ」

「私……？」

「何で無職の男を部屋に住まわせているんだ、共働きでもいいが何でアルバイトなんだ、結婚はしないのか、子供は作らないのか、ちゃんと仕事しろ、大人としての役割を果たせ……みんながあなたに干渉しますよ」

「今まで、お店の人にそんなこと言われたことないですよ」

「それはね、あんたがおかしすぎたからですよ。36歳の独身のコンビニアルバイト店員、しかもたぶん処女、毎日やけにはりきって声を張り上げて、健康そうなのに就職しようとしている様子もない。あんたが異物で、気持ちが悪すぎたから、誰も言わなかっただけだ。陰では言われてたんですよ。それが、これからは直接言われるだけ」

「え……」

「普通の人間っていうのはね、普通じゃない人間を裁判するのが趣味なんですよ。

でもね、僕を追いだしたら、ますます皆はあなたを裁く。だからあなたは僕を飼い続けるしかないんだ」

白羽さんは薄く笑った。

「僕はずっと復讐したかったんだ。女というだけで寄生虫になることが許されている奴等に。僕自身が寄生虫になってやるって、ずっと思っていたんですよ。僕は意地でも古倉さんに寄生し続けますよ」

私は白羽さんが何を言っているのかさっぱりわからなかった。

「白羽さん、それより餌を食べますか？　そろそろ茹で終わったころだと思いますが」

「ここで食べます、持ってきてください」

白羽さんが言うので、私は茹でた野菜と白いご飯を皿に乗っけて風呂場に運んだ。

「そこ、閉めてください」

白羽さんが言うので風呂場のドアは閉め、私は久しぶりに一人でテーブルに座って食事を始めた。

自分が咀嚼《そしやく》する音がやけに大きく聞こえた。さっきまで、コンビニの「音」の中にいたからかもしれない。目を閉じて店を思い浮かべると、コンビニの音が鼓膜の内側に蘇ってきた。

それは音楽のように、私の中を流れていた。自分の中に刻まれた、コンビニの奏《かな》でる、コンビニの作動する音の中を揺蕩《たゆた》いながら、私は明日、また働くために、目の前の餌を身体に詰め込んだ。


白羽さんのことはあっという間に店の中に広がり、店長からはしつこく、会うたびに「白羽くん元気⁉ 飲み会いつにする⁉」と言われるようになった。

8人目の店長は、仕事熱心なところが尊敬できて、最高の同志だと思っていたのに、会えば白羽さんの話ばかりでうんざりしていた。

今までは、顔を合わせると、最近暑くなってチョコレート菓子の売り上げがいまいちだとか、近くに新しいマンションが出来たから夕方のお客さんが増えたとか、再来週の新商品はCMがすごく入るらしいから期待できるとか、そんな有意義な話を、コンビニ店員とコンビニ店長として真っ直《す》ぐに交わしていたのに。店長の中で、私がコンビニ店員である以前に、人間のメスになってしまったという感覚だった。

「古倉さん、悩みとかあったらさ、俺が聞くよー！」

「そうそう、今度、古倉さんだけでも飲み会においでよ。本当は白羽さんが来てくれればいいんだけどねー！　私から活を入れてあげるのに！」

白羽さんを嫌いだと言っていた菅原さんまで、「私も白羽さんに会いたいです！　誘ってくださいよー！」と言ってきた。

今まで知らなかったが、どうやら皆、たまに飲み会をしているようで、子持ちの泉さんも夫が世話をしてくれる日は顔を出したりしているようだった。

「いやあ、古倉さんとも、一度飲みたいと思ってたんだよ！」

皆、白羽さんを飲み会に引き摺り出そうとしていて、彼を叱ろうと、その機会を待ち構えているのだった。

こんなに皆から叱ろうとされたら、白羽さんが「隠れたい」と思う気持ちもわかる気がした。

白羽さんが辞めたときに処分するべき白羽さんの履歴書まで店長は持ちだして、泉さんと「見て見てここ、大学を中退して専門学校に行って、そっちもすぐにやめてる」「資格って、今時英検だけですか？　え、免許もないってことなんですかね？」などと白羽さんを品評していた。

皆、嬉々《きき》として白羽さんを叱ろうとしていた。それがおにぎり１００円均一セールや、チーズフランクフルトの新発売や、お惣菜が全部割引になるクーポンをお配りすることより大切な優先事項だと言わんばかりだった。

店の「音」には雑音が混じるようになった。皆で同じ音楽を奏でていたのに、急に皆がバラバラの楽器をポケットから取り出して演奏を始めたような、不愉快な不協和音だった。

一番怖かったのは、新人のトゥアンくんだった。彼はどんどん店を吸収していて、店の皆に似てきていた。それは以前の店だったら問題なかっただろうが、今の皆に似てくることで、トゥアンくんがどんどん、「店員」とはほど遠い生き物に成長していくようだった。

あんなに真面目だったトゥアンくんが、フランクを作る手を休めて、「古倉さんのオット、前にこの店にいたんですカー?」と言った。

語尾を伸ばす喋り方は泉さんのものが移りつつあるのかもしれない。私はトゥアンくんに早口で言った。

「夫じゃないですよ。それより、今日は、暑いから冷たい飲み物が売れる日なんです。ペットボトルのミネラルウォーターが売れて少なくなったらすぐ補充してくださ い、段ボールでウォークインの中にたくさん冷やしてありますから。パックのお茶もよく売れるんで、売り場を常に気を付けて見てあげてくださいね」

「古倉さん、コドモ作らないデスか？　私の姉、結婚して子供三人イマス。まだ小さい、かわいいデスネー」

トゥアンくんはどんどん店員ではなくなっていく。皆、制服を着て同じように働いていても、前よりも店員ではない気がする。

客だけは、変わらず店に来て、「店員」としての私を必要としてくれる。自分と同じ細胞のように思っていた皆がどんどん「ムラのオスとメス」になっていってしまっている不気味さの中で、客だけが、私を店員でありつづけさせてくれていた。


妹が白羽さんを叱りに来たのは、電話から一ヵ月経った日曜日のことだった。

妹は温和で優しい子なのだが、「お姉ちゃんのために、一言言ってあげないと」とやけに張り切って、どうしてもと押し切られたのだ。

白羽さんには外に行くように言ったが、「いいですよ、別に」と部屋にいるようだった。あんなに叱られるのを嫌がっていたのに、意外だった。

「悠太郎は旦那が見てくれてるの。たまにはね」

「そう。狭いけれどゆっくりしていってね」

赤ん坊を携《たずさ》えていない妹を久しぶりに見たので、何だか忘れ物をしているように見えた。

「わざわざ来てくれなくても、呼んでくれればいつもみたいに家まで遊びに行ったのに」

「いいのいいの、今日はお姉ちゃんとゆっくり話したかったから……お邪魔じゃなかった？」

妹は部屋を見回して、「あの、一緒に暮らしてる人は……今日はお出かけ？　気を遣わせちゃったかな……」と言った。

「え？　ううん、いるよ」

「えっ⁉　ど、どこに？　ご挨拶しないと……！」

慌てて立ち上がった妹に、「別にそんなのしないでいいよ。ああ、でもそろそろ餌の時間かあ……」と言い、台所に置いてあった洗面器に、ご飯と、鍋の中にあるお湯で茹でられたじゃがいもとキャベツを入れ、風呂場に持って行った。

白羽さんはバスタブの中に敷き詰めた座布団に座ってスマホを弄《いじ》っており、私が餌を渡すと黙って受け取った。

「お風呂場……？　お風呂に入ってるの？」

「うん、一緒の部屋だと狭いからそこに住まわせてるの」

妹が唖然《あぜん》とした顔をしたので、私は詳しく説明した。

「あのね、うちって古いアパートでしょ。白羽さん、古いお風呂に入るくらいならコインシャワーのほうがいいんだって。シャワー代と餌代の小銭をもらってるの。ちょっと面倒だけれど、でも、あれを家の中に入れておくと便利なの。皆、なんだかすごく喜んでくれて、『良かった』『おめでとう』って祝福してくれるんだ。勝手に納得して、あんまり干渉してこなくなるの。だから便利なの」

私の丁寧な説明を理解したのか、妹は俯いた。

「そうだ、昨日、お店で売れ残ったプリンを買ってきてあるんだ。食べる？」

「こんなことだと思わなかった……」

妹が震える声を出したので、驚いて顔を見ると泣いているようだった。

「どうしたの⁉　あ、今すぐティッシュ持ってくるね！」

咄嗟《とっさ》に菅原さんの喋り方で立ち上がると、妹が言った。

「お姉ちゃんは、いつになったら治るの……？」

妹が口を開いて、私を叱ることもせず、顔を伏せた。

「もう限界だよ……どうすれば普通になるの？　いつまで我慢すればいいの？」

「え、我慢してるの？　それなら、無理に私に会いに来なくてもいいんじゃない？」

素直に妹に言うと、妹は涙を流しながら立ち上がった。

「お姉ちゃん、お願いだから、私と一緒にカウンセリングに行こう？　治してもらおうよ、もうそれしかないよ」

「小さい頃行ったけど、だめだったじゃない。それに、私、何を治せばいいのかわからないんだ」

「お姉ちゃんは、コンビニ始めてからますますおかしかったよ。喋り方も、家でもコンビニみたいに声を張り上げたりするし、表情も変だよ。お願いだから、普通になってよ」

妹はますます泣き出してしまった。私は泣いている妹に尋ねた。

「じゃあ、私は店員をやめれば治るの？　やっていた方が治ってるの？　白羽さんを家から追い出したほうが治るの？　置いておいたほうが治ってるの？　ねえ、指示をくれればわたしはどうだっていいんだよ。ちゃんと的確に教えてよ」

「もう、何もわからないよ……」

妹は泣きじゃくり、返事をくれることはなかった。

私は妹が黙ってしまったので暇になり、冷蔵庫からプリンを取り出して泣いている妹を見ながら食べたが、妹はなかなか泣き止まなかった。
その時、風呂場のドアが開く音がした。驚いて振り向くと、白羽さんが立ってい
た。
「すみません、今、実はちょっと古倉さんとケンカをしていたんです。お見苦しい
ところをお見せしました。びっくりしましたよね」
突然饒舌に喋り始めた白羽さんを、私は呆然と見上げた。
「じつは僕、元カノとフェイスブックで連絡をとりあってしまって。二人で飲みに
行ったんです。そうしたら恵子が怒り狂って、一緒には寝られないと言って、僕を
浴室に閉じ込めてしまったんです」
妹は、白羽さんの言っている意味を反芻するようにしばらく彼の顔を見つめ続け
たあと、まるで教会で神父さんに出会った信者みたいな顔で、白羽さんに縋《すが》るよう
に立ち上がった。
「そうだったんですね……！　そうですよね、そうですよね……！」
「今日は、妹さんが来るって聞いて、これはまずいと思って隠れてたんです。僕、
叱られちゃうなって」
「そうです……よ！　姉から聞いてたんですけど、仕事もしないで転がり込んでき

て、私、姉が変な男性に騙《だま》されてるんじゃないかって心配で心配で……その上浮気なんて！　妹として、許せませんよ！」

妹は白羽さんを叱りながら、この上なくうれしそうだった。

そうか。叱るのは、「こちら側」の人間だと思っているからなんだ。だから何も問題は起きていないのに「あちら側」にいる姉より、問題だらけでも「こちら側」に姉がいるほうが、妹はずっと嬉しいのだ。そのほうがずっと妹にとって理解可能な、正常な世界なのだ。

「白羽さん！　私、妹として本当に怒ってるんですよー！」

妹は、前と少し喋り方が変わった気がする。妹の周りには、今、どんな人間がいるのだろう。きっとその人によく似た喋り方なのだろう。

「わかってます。ゆっくりですけど仕事は探しますし、もちろん、籍だって早めに入れようって思ってますから」

「このままじゃ、私、両親に報告できないですよー！」

きっともう限界なのだろう。店員としての私を継続することを、誰も望んでいない。

店員になることをあんなに喜んでいた妹が、今は、店員ではなくなることこそ、正常なのだと言う。妹の涙は乾いているが、鼻水は流れ出て、鼻の下を濡らしている。それを拭うこともせず、妹ははしゃいでいるような調子で白羽さんに怒りつづけている。私は妹の鼻水を拭うことすらできず、食べかけのプリンを手にしたまま二人を見つめていた。


翌日、アルバイトから帰ると、玄関に赤い靴が置いてあった。

また妹が来ているのか、まさか白羽さんが恋人でも連れてきているのかと思いながら中に入ると、部屋の中央には正座している白羽さんと、テーブル越しに白羽さんを睨んでいる茶髪の女性がいた。

「あの……どちら様ですか?」

声をかけると、女性はきっとこちらを見上げた。まだ若い、メイクがきつめの女性だった。

「あなたが、今、この人と一緒に暮らしている方ですか?」

「はあ、そうですね」

「私、この人の弟の妻です。この人、ルームシェアの家賃滞納したまま逃亡して。携帯も繋がらないみたいで、北海道の実家にまで電話がかかってきたんですよ。こっちからの電話も全部無視するし。たまたま私が同窓会で東京に来る予定があったんで、お義母さんが立て替えたルームシェアの滞納分全部支払って、頭下げて謝罪して。まったく、いつかこういうことになると思ってたんですよ。この人、自分で稼ぐ気が全然なくてお金に意地汚くて、だらしなくて。いいですか、絶対に返してもらいますからね」

テーブルの上には「借用書」と書かれた紙が置かれていた。

「ちゃんと働いて返してくださいよ。まったく、なんで私が義理の兄のためにここまでしないといけないんだか！」

「あの……どうしてここがわかったんですか……」

か細い声で白羽さんが言う。私は、白羽さんの「隠してほしい」というのは家賃を払わないで逃げているから、という意味もあったのだろうかと思った。

白羽さんの質問に、義妹は鼻で笑って言った。

「前にもお義兄さん、家賃を滞納して実家までお金を借りにきたことがあったでしょ。あのとき、こんなことになる気がして、旦那に頼んでお義兄さんの携帯に追跡アプリ入れてもらってたんですよ。だからここにいることはわかってたんで、コンビニに出かけたところを捕まえたんです」

白羽さんは義妹さんにまったく信用されてなかったんだなあ、としみじみ思った。

「本当に……あの、お金はぜったい返します……」

白羽さんはうなだれている。

「当然です。それで、この人とはどういう関係なんですか？」

義妹は私に視線をよこした。

「無職なのに同棲してるんですか？　そんなことしてる暇があったら、いい大人なんだからちゃんと就職してください」

「結婚を前提にお付き合いしています。彼女の就職先が決まったら、お金はそこからお返しします。僕は家のことをやって、彼女が働くことになっています」

へえ、白羽さんに彼女がいたのか、と思ったが、昨日の妹と白羽さんのやりとりを思い出し、あ、自分のことを言われてるんだと気が付いた。

「そうなんですか？　今はどんなお仕事されてるんですか？」

怪訝な顔で尋ねられ、「あ、ええと、コンビニエンスストアのアルバイトをしています」と答えた。

義妹さんの目と鼻と口ががばっと一斉にあいたのを見て、あ、どこかで見たことがある顔だな、と思うと、義妹さんが啞然とした様子で叫んだ。

「はあ……!?　え、それで二人で暮らしてるんですか!?　この男は無職なのに!?」

「ええと……はい」

「やってけるわけないじゃないですか！　行き倒れになりますよ!?　というか、あの、初対面で失礼ですけど、けっこういい歳ですよね。何でアルバイト!?」

「ええと……いろいろ面接を受けた時期もあったんですけど、コンビニしかできなかったんです」

義妹は呆然としたように私を眺めた。

「ある意味お似合いって感じですけど……あの、赤の他人の私が言うのもなんですけど、就職か結婚、どちらかしたほうがいいですよ、これ本気で。というか、両方したほうがいいですよ。いつか餓死《がし》しますよ、いいかげんな生き方に甘えてると」

「なるほど……」

「この人のこと好きって、ぜんぜん趣味が理解できませんけど、だったらなおさら就職したほうがいいですよ。社会不適合者が二人で、アルバイトのお金だけでやっていけるわけないですから、まじで」

「はい」

「周りは誰も言ってくれなかったんですか？　あの、保険とかちゃんと入ってます？　これ本当に、あなたのためを思って言ってるんで……！　初対面ですけど、絶対にちゃんと生きたほうがいいですよ！」

身を乗り出して親身になってくれている様子の義妹を見て、白羽さんから聞いていたよりいい人そうだなと思った。

「二人で話し合ったんだ。子供ができるまでは、僕が彼女をサポートする。僕はネット起業のほうに専念する。子供ができたら、僕も仕事をさがして一家の大黒柱になります」

「夢みたいなこと言ってないで、お義兄さんも働いてください。まあ、二人のことなので、そんなに私が干渉することでもないかもしれないですけど……」

「彼女にはバイトをすぐにやめてもらう。そして毎日職探しをしてもらう。もう決まったことなんだ」

「え……」

しぶしぶといった調子で、義妹は、「まあ、相手がいる分、前よりかはマシになってる気がしますけど……」と言い、「あんまり長居したくもないんで、もう帰ります」と立ち上がった。

「今日のことは、貸したお金の金額も含めて、ぜんぶお義母さんに報告しますから。

逃げられると思わないでくださいね」

義妹はそう言い残して帰って行った。

白羽さんはドアが閉められ、足音が遠ざかるのを慎重に確認してから、嬉しそうに叫んだ。

「やった、うまく逃《のが》れたぞ！　これでしばらく大丈夫だ。この女が妊娠なんかするわけがない、だって僕は絶対にこんな女に挿入しないからな！」

白羽さんは興奮した様子で、私の両肩を摑んだ。

「古倉さん、あなたは運がいいですよ。処女で独身のコンビニアルバイトだなんて、三重苦のあなたが、ぼくのおかげで既婚者の社会人になれるし、誰もが非処女だと思うだろうし、周りから見てまともな人間になることができるんだ。それが一番みんなが喜ぶ形のあなたなんですよ。よかったですね！」

帰って早々、白羽さんの家庭の事情に巻き込まれた私は、ぐったりと疲れて白羽さんの話を聞く気にもなれず、

「あの、今日は家のシャワーを使っていいですか？」

と言った。

白羽さんがバスタブから布団を出し、私は久しぶりに家のシャワーを浴びた。

シャワーを浴びている間、浴室のドアの前でずっと白羽さんは喋っていた。

「僕と出会えて、古倉さんは本当に運がいいですよ。このまま一人でのたれ死ぬところだったんですから。そのかわり、ずっと僕を隠し続けてください」

白羽さんの声は遠くて、水の音しかしない。耳の中に残っていたコンビニの音が、少しずつ掻《か》き消されていく。

身体の泡を流し終え、きゅっと蛇口《じゃぐち》をひねると、久しぶりに耳が静寂を聴いた。今までずっと耳の中で、コンビニが鳴っていたのだ。けれど、その音が今はしなかった。

久しぶりの静寂が、聞いたことのない音楽のように感じられて、浴室に立ち尽くしていると、その静けさを引っ掻くように、みしりと、白羽さんの重みが床を鳴らす音が響いた。


18年間の勤務が幻《まぼろし》だったかのように、あっけなく、私はコンビニ最後の日を迎えた。

その日、私は朝の6時に店に行き、ずっとカメラの中を眺めていた。

トゥアンくんはレジに慣れて、手早く缶コーヒーやサンドイッチをスキャンし、

「領収書で」と言われても素早い手付きで操作している。

本当はアルバイトは辞める一ヵ月前に言わなければならないが、事情があるというと二週間で辞めさせてくれた。

私は二週間前のことを思いだした。「辞めさせてください」と言ったのに、店長はとてもうれしそうだった。

「あ、ついに⁉　白羽さんが男を見せたってこと⁉」

バイトが辞めていくのは困る、人手不足なんだから次を紹介して辞めてほしいといつも言っていた店長なのに、嬉しそうだった。いや、もう店長なんて人間はどこにもいないかもしれない。目の前にいるのは人間のオスで、自分と同じ生き物が繁殖することを望んでいる。

突然辞めるひとはプロ意識に欠けるといつも憤《いきどお》っていた泉さんも、「聞いたよー！　よかったねー！」と祝福してくれた。

私は制服を脱ぎ、名札を外して、店長に渡した。

「それじゃあ、お世話になりました」

「いやあ、寂しくなるよー。本当にお疲れ！」

18年間勤めたというのに、最後はあっさりしたものだった。私の代わりに、レジでは先週から入ったミャンマー人の女の子がバーコードをスキャンしている。横目で防犯カメラの映像を見ながら、もう、自分がここに映ることはないんだろうな、と思っていた。

「古倉さん、本当にお疲れさま」

泉さんと菅原さんから、「お祝いも兼ねて」と高級そうな夫婦箸《めおとばし》をもらい、夕勤の女の子からは缶入りのクッキーをもらった。

18年間、辞めていく人を何人か見ていたが、あっという間にその隙間は埋まってしまう。自分がいなくなった場所もあっという間に補完され、コンビニは明日からも同じように回転していくんだろうなと思う。

商品を検品するスキャナーも、発注する機械も、床を磨《みが》くモップも、手を消毒するアルコールも、いつも腰にさしていたハタキも、身近だった道具たちに触れることはなくなる。

「でもまあ、おめでたい門出だから！」

店長の言葉に、泉さんも菅原さんも頷いた。

「そうですよ！　また遊びに来てくださいね！」

「そうそう、お客さんとしていつでも来てね。白羽さんと一緒においでよ、フランクフルト奢《おご》ってあげる」

泉さんも菅原さんも、私を祝福して笑っていた。

私は、皆の脳が想像する普通の人間の形になっていく。皆の祝福が不気味だったが、「ありがとうございます」とだけ口にした。

夕勤の女の子たちにも挨拶をして外に出た。外はまだ明るく、けれどコンビニは空からの光よりも強く光っていた。

店員でなくなった自分がどうなるのか、私には想像もつかなかった。私は光る白い水槽のような店に一礼し、地下鉄の駅へと歩き始めた。


家に帰ると白羽さんが私を待ち構えていた。

いつもなら、明日の勤務に向けて、餌を食べて睡眠をとって、自分の肉体を整えるところだ。働いていない時間も、私の身体はコンビニのものだった。そこから解放されて、どうすればいいのかわからなくなっていた。

白羽さんは部屋で、意気揚々とネットで求人のチェックをしている。テーブルの上には履歴書が散らばっていた。

「年齢制限がある仕事が多いんですけどね、うまく探せば全然ないってわけでもない！　僕はね、求人なんて見るの大嫌いだったんですけど、自分が働くわけじゃないっていうと、面白くて仕方ないものなんですね！」

私は気が重かった。時計を見ると、夜の7時だった。いつもは、仕事をしていないときでも、私の身体はコンビニエンスストアと繋がっていた。今は夕方のパック飲料の補充の時間、今は夜の雑貨が届いて夜勤が検品を始めた時間、今は床清掃の時間、いつも、時計を見れば店の光景が浮かんでいた。

今はちょうど、夕勤の沢口さんが来週の新商品のPOPを書いて、牧村くんがカップラーメンの補充をしている時間だろう。それなのに、自分はもうその時間の流れから取り残されてしまったのだと思った。

部屋の中には白羽さんの声や冷蔵庫の音、様々な音が浮かんでいるのに、私の耳は静寂しか聴いてなかった。私を満たしていたコンビニの音が、身体から消えていた。私は世界から切断されていた。

「やっぱりコンビニバイトじゃ僕を養うには不安定だからなあ。無職とバイトだと、無職の僕の方が責められちゃうし。縄文時代から抜け出せない連中は、すぐに男に文句を言うんだ。でも古倉さんさえ定職につけば、僕はそういう被害をもう受けなくて済みますし、古倉さんのためにもなるし、一石二鳥ですよね！」

「あの、今日は食欲がないんで、白羽さん、何か勝手に食べていてくれませんか」

「ええ？　まあ、いいですけど」

自分で買いにいくのが億劫なのか、白羽さんは少し不満げだったが、千円札を渡すと静かになった。

その夜、私は布団に入っても眠ることができず、起き上がって部屋着のままベランダに出た。

今までなら、明日の為に寝ていなければいけない時間だ。コンビニのために身体を整えようと思うとすぐ寝ることができたのに、今の私は何のために眠ればいいのかすらわからなかった。

洗濯物は部屋干しがほとんどなので、ベランダは汚れていて、窓もカビていた。私は部屋着が汚れるのもかまわず、ベランダに座り込んだ。

ふと窓ガラス越しに部屋の中の時計を見ると、夜中の3時だった。

今は夜勤の休憩がまわっている時間だろうか。ダットくんと、先週から入った、経験者の大学生の篠崎くんが、休憩をしながら、ウォークインの補充を始めているところだろう。

こんな時間に眠らずにいるのは久しぶりのことだった。

私は自分の身体を撫でた。コンビニの決まり通りに爪は短く整えられ、髪は染めることもせず清潔感を大切にしてあり、手の甲には三日前にコロッケを揚げたときの火傷《やけど》のあとが微《かす》かに残っている。

夏が近づいているとはいえ、ベランダはまだ少し肌寒かった。それでも部屋に入る気にはなれず、私はいつまでも藍《あい》色の空をぼんやり見上げていた。

暑さと寝苦しさに寝返りを打ちながら、私は布団の中で薄く目を開いた。

今日が何曜日なのかも、今が何時なのかもわからない。手さぐりで枕元の携帯を探し当て、時計を見ると、2時だった。午前なのか午後なのか、ぼんやりした頭では把握できないまま押入れの外に出ると、カーテン越しに昼間の光が差し込んでいて、今は昼間の2時だと把握した。

日付を見ると、コンビニを辞めてからもう二週間近く経っているようだった。長い時間が経った気もするし、時が止まっているようにも思える。

白羽さんは食事でも買いにいっているのか、部屋にはいなかった。出しっぱなしの折り畳みテーブルの上には、昨日食べたカップラーメンの残骸が放置されている。

コンビニを辞めてから、私は朝何時に起きればいいのかわからなくなり、眠くなったら眠り、起きたらご飯を食べる生活だった。白羽さんに命じられるままに履歴書を書く作業をする他には、何もしていなかった。

何を基準に自分の身体を動かしていいのかわからなくなっていた。今までは、働いていない時間も、私の身体はコンビニのものだった。健康的に働くために眠り、体調を整え、栄養を摂《と》る。それも私の仕事のうちだった。

白羽さんは相変わらず浴槽で眠り、昼の間は部屋で食事をしたり求人広告を見たりと、自分が働いていたときよりよほど活《い》き活きと動き回って生活しているようだった。私は昼夜問わず眠くなるので、押入れの中に布団を敷きっぱなしにして、お腹がすくと外に出ていくようになっていた。

喉が渇いていることに気が付き、水道をひねってコップに水を汲み、一気に飲み干した。ふと、人間の身体の水は二週間ほどで入れ替わるとどこかで聞いたことを思いだす。毎朝コンビニで買っていた水はもう身体から流れ出ていき、皮膚の湿り気も、目玉の上に膜を張っている水も、もうコンビニのものではなくなっているのだろうか、と思った。

コップを持った手の指にも、腕にも、黒々とした毛が生えている。今までは、コンビニの為に身だしなみを整えていたが、その必要がなくなって、毛を剃《そ》る必要性も感じなくなったのだ。部屋に立てかけた鏡をみると、うっすらと髭《ひげ》が生えていた。毎日通っていたコインシャワーにも、三日に一度、白羽さんに言われて渋々行くだけになっていた。

全てを、コンビニにとって合理的かどうかで判断していた私は、基準を失った状態だった。この行動が合理的か否か、何を目印に決めればいいのかわからなかった。店員になる前だって、私は合理的かどうかに従って判断していたはずなのに、そのころの自分が何を指針にしていたのか、忘れてしまっていた。

不意に電子音が流れ、振り向くと畳の上で白羽さんの携帯が鳴っていた。どうやら、置いたまま出かけたらしい。そのまま放置しようかと思ったが、呼び出し音はなかなか鳴りやまなかった。

何か緊急の用事だろうかと画面を見ると、『鬼嫁』と表示されていた。直感で「通話」をタッチすると、案の定、白羽さんの弟の奥さんの怒鳴り声がした。

『お義兄さん、何回電話させたら気が済むんですか！　居場所はわかってるんですからね、押しかけますよ！』

「あの、こんにちは、古倉です」

電話に出たのが私だとわかると、白羽さんの義妹は『あ、あなたですか』と即座に冷静な声になった。

「白羽さんは、今たぶんご飯を買いに行ってると思います。すぐ帰ってくるとは思いますが」

『ちょうどいいです、お義兄さんに伝えといてもらえますか？　貸したお金、先週三千円振り込まれて以来、音沙汰ないんですよ。何なんですか、三千円って。馬鹿にしてるんですか？』

「はあ、すみません」

なんとなく謝ると、『ほんと、しっかりしてくださいよ。借用書も書いてもらってあるんですからね。出るとこ出ますよって、伝えといてもらえますか、あの男に』と苛々と義妹が言った。

「はい、帰ったら言っておきます」

『絶対ですよ！　あいつは金に本当に意地汚いんだから、まったく！』

義妹の憤った声の向こうから、赤ん坊が泣くような声が聞こえた。

私はふと、コンビニという基準を失った今、動物としての合理性を基準に判断するのが正しいのではないか、と思いついた。私も人間という動物なのだから、可能なら子供を産んで種族繁栄させることが、私の正しい道なのかもしれない。

「あの、ちょっと聞いてみたいんですけど、子供って、作ったほうが人類のためですか？」

『は⁉』

電話の向こうで義妹の声がひっくり返り、私は丁寧に説明した。

「ほら、私たちって動物だから、増えたほうがいいじゃないですか。私と白羽さんも、交尾をどんどんして、人類を繁栄させるのに協力したほうがいいと思いますか？」

しばらく何の音もせず、ひょっとしたら電話が切れてしまったのかと思ったが、ぶわあ、と、携帯から生ぬるい空気が吐きだされてきそうなほど、大きな溜息の音がした。

『勘弁してくださいよ……。バイトと無職で、子供作ってどうするんですか。ほんとにやめてください。あんたらみたいな遺伝子残さないでください、それが一番人類のためですんで』

「あ、そうですか」

『その腐った遺伝子、寿命まで一人で抱えて、死ぬとき天国に持って行って、この世界には一欠《ひとか》けらも残さないでくださいよ、ほんとに』

「なるほど……」

この義妹はなかなか合理的な物の考え方ができる人だ、と感心して頷いた。

『ほんと、あなたと話してると頭がおかしくなりそうで、時間の無駄なんで、もう切っていいですか？　あ、お金の件、絶対に伝えといてくださいね！』

義妹はそう言い残すと、通話を切った。

どうやら私と白羽さんは、交尾をしないほうが人類にとって合理的らしい。やったことがない性交をするのは不気味で気が進まなかったので少しほっとした。私の遺伝子は、うっかりどこかに残さないように気を付けて寿命まで運んで、ちゃんと死ぬときに処分しよう。そう決意する一方で、途方に暮れてもいた。それは解ったが、そのときまで私は何をして過ごせばいいのだろう。

ドアの音がして、白羽さんが帰ってきた。近くの１００円ショップのビニール袋を提げている。一日のリズムがぐちゃぐちゃになって、野菜を茹でて餌を作ることをあまりしなくなった私の代わりに、白羽さんは１００円ショップで冷凍食品のおかずを買ってくるようになっていた。

「ああ、起きたんですか」

この狭い部屋の中に一緒にいるのに、昼間の食事時に顔を合わせるのは久しぶりだった。炊飯器はずっと保温になっていて、開けるとご飯があり、目が覚めるとそれを口の中に押し込んで、また押入れに戻って眠るような生活だったのだ。

顔を合わせた流れで、なんとなく、一緒に食事をする運びとなった。白羽さんが解凍したおかずは、シュウマイとチキンナゲットだった。皿に盛ったそれを無言で口に運ぶ。

自分が何のために栄養をとっているのかもわからなかった。咀嚼してドロドロになったご飯とシュウマイを私はいつまでも飲み込むことができなかった。


その日は、私の初めての面接だった。派遣とはいえ、36歳までアルバイトをしていた私が面接にこぎつけることができたのは、奇跡のようなことだと白羽さんは得意気に言った。コンビニを辞めてから、一ヵ月近く経っていた。

私は十年以上前にクリーニングに出したきりになっていたパンツスーツを着て、髪の毛を整えていた。

部屋の外に出ること自体、久しぶりだった。バイトをしながら僅《わず》かながらに貯めていたお金も、だいぶ減ってきていた。

「さあ古倉さん、行きますよ」

白羽さんは私の面接先まで送るという。面接が終わるまで外で待っていると意気込んでいた。

外に出ると、もうすっかり夏の空気だった。

電車に乗って面接先へ向かう。電車に乗るのも久しぶりだった。

「少し早く着き過ぎましたね。まだ一時間以上ある」

「そうですか」

「あ、僕ちょっとトイレに行ってきます。ここで待っていてください」

白羽さんがそう言い残して歩き出した。公衆トイレなどあるだろうかと思ったら、白羽さんが向かっていったのはコンビニだった。

私もトイレに行っておこうかと、白羽さんを追いかけてコンビニに入った。自動ドアが開いた瞬間、懐かしいチャイムの音が聞こえた。

「いらっしゃいませ！」

私の方を見て、レジの中の女の子が声を張り上げた。

コンビニの中には行列ができていた。時計を見ると、もうすぐ12時になろうというところだった。ちょうど昼ピークが始まる時間だ。

レジの中には、若い女の子が二人だけしかおらず、一人は「研修中」のバッジをつけているようだった。レジは二台で、二人ともそれぞれのレジの操作に必死だった。

ここはビジネス街らしく、客の殆どはスーツを着た男性や、ＯＬ風の女性たちだった。

そのとき、私にコンビニの「声」が流れ込んできた。

コンビニの中の音の全てが、意味を持って震えていた。その振動が、私の細胞へ直接語りかけ、音楽のように響いているのだった。

この店に今何が必要か、頭で考えるよりも先に、本能が全て理解していた。

はっとしてオープンケースを見ると、「今日からパスタ全品30円引き！」というポスターが貼ってあった。それなのにパスタが焼きそばやお好み焼きと混ざって置いてあり、ちっとも目立っていない。

これは大変だと、私はパスタを冷麵の隣の目立つ場所へ移動させた。女性客が不可解な目で私を見たが、そちらを見上げて「いらっしゃいませ！」と言うと、社員なのだろうと納得した様子で、綺麗に並べ終えたばかりの明太子パスタをとっていった。

よかったと思うと同時に、今度はチョコレート売り場が目に入った。慌てて携帯を取り出し今日の日付を見る。今日は火曜日、新商品の日だ。コンビニ店員にとって一週間で一番大切なこの日のことを、どうして忘れていたのだろう。

私はチョコレートの新商品が、一番下の棚に一列しか並んでないのを見て、悲鳴をあげそうだった。半年前に大ヒットして売り切れ続出で話題になったチョコレート菓子の期間限定のホワイトチョコ味がこんな場所に、地味に並べられているなんて、あり得ないことだ。私は手早く売り場を直し、大して売れるものではないのに幅をとっている菓子を一列にして、新商品を一番上の段に三列にして並べ、他の菓子につけっぱなしになっていた「新商品！」というPOPをつけた。

レジを打っている女の子が、怪訝な顔でこちらを見ている。私の動きに気が付いているが、行列ができているので動きが取れないようだ。私は胸のバッジを見せるような仕草をしながら、「おはようございます！」とお客様のじゃまにならない程度の声で呼びかけ、会釈をした。

ほっと安心したような表情になり、女の子は小さく会釈を返して、レジに集中し始めた。スーツ姿の私を、本社の社員だとでも思ったのだろう。こんなに簡単に騙されてしまうなんて、安全管理がなっていないと思う。私がもしも悪い人間で、バックルームの金庫をあけたりレジのお金を盗んだりしたらどうするつもりなのだろう。

後で注意しないと、と思って視線を戻すと、「あ、みてみて、このお菓子、ホワイトチョコが出たんだー！」と女性客二人組が、私が並べた新商品を手に盛り上がっている。

「これ、ＣＭで今日見たよ！　食べてみようかなー」

コンビニはお客様にとって、ただ事務的に必要なものを買う場所ではなく、好きなものを発見する楽しさや喜びがある場所でなくてはいけない。私は満足して頷きながら、店内を早足で歩き回った。

今日は暑い日なのに、ミネラルウォーターがちゃんと補充されていない。パックの2リットルの麦茶もよく売れるのに、目立たない場所に一本しか置いていない。私にはコンビニの「声」が聞こえていた。コンビニが何を求めているか、どうなりたがっているか、手に取るようにわかるのだった。

行列が途切れ、レジにいた女の子が私のほうへ駆け寄ってきた。

「わあ、すごい、魔法みたい」

私が整えたポテトチップスの売り場を見て呟く。

「今日、一人バイトが来れなくなって、店長に連絡したけれど繋がらなくて、困ってたんです。新人さんと二人で……」

「そうですか。でも、レジの様子を見ていましたが、礼儀正しくてとてもよかったですよ。ピークが落ち着いたら、冷たい飲み物の補充をしてあげてください。アイスも、暑くなってきたらさっぱりした棒アイスのほうが売れるので、売り場を直してあげるといいですね。それと、雑貨の棚が少し埃《ほこり》っぽいですね。一度、商品を下げて棚清掃を行ってください」

私にはコンビニの「声」が聞こえて止まらなかった。コンビニがなりたがっている形、お店に必要なこと、それらが私の中に流れ込んでくるのだった。私ではなく、コンビニが喋っているのだった。私はコンビニからの天啓を伝達しているだけなのだった。

「はい！」

女の子は信頼しきった声で返事をした。

「それと、自動ドアにちょっと指紋がたくさんついてしまってますね。目立つところなのでそこも清掃してあげてください。あと、女性客が多いので、春雨《はるさめ》スープがもっと種類があるといいですね。店長に伝えておいてください。それと……」

コンビニの「声」をそのまま女の子の店員に伝えていると、

った。


「何をしてるんだ！」

という怒鳴り声がした。

白羽さんがいつのまにかトイレから出てきて、私の手首を摑んで叫んでいるのだった。

「お客様、どうなさったのですか」

反射的に答えると、「ふざけるな！」と言われて、店の外へと連れて行かれた。

「何、馬鹿なことをやってるんだ、お前は！」

道路まで私を引き摺って怒鳴った白羽さんに、私は言った。

「コンビニの『声』が聞こえるんです」

私の言葉に白羽さんは、おぞましいものをみるような目になった。白羽さんの顔を包んでいる青白くて薄い皮膚が、まるで握りつぶしたようにしわくちゃになった。

それでも、私は引き下がらなかった。

「身体の中にコンビニの『声』が流れてきて、止まらないんです。私はこの声を聴くために生まれてきたんです」

「なにを……」

白羽さんが怯えたような表情になり、私は畳み掛けた。

「気が付いたんです。私は人間である以上にコンビニ店員なんです。人間としていびつでも、たとえ食べて行けなくてのたれ死んでも、そのことから逃れられないんです。私の細胞全部が、コンビニのために存在しているんです」

白羽さんは黙って、しわくちゃの皮膚の顔をしたまま、私の手首を引っ張り、面接の会場へと連れて行こうとした。

「狂ってる。そんな生き物を、世界は許しませんよ。ムラの掟《おきて》に反している！　皆から迫害されて孤独な人生を送るだけだ。そんなことより、僕の為に働いたほうがずっといい。皆、そのほうがほっとするし、納得する。全ての人が喜ぶ生き方なんですよ」

「一緒には行けません。私はコンビニ店員という動物なんです。その本能を裏切ることはできません」

「そんなことは許されないんだ！」

私は背筋を伸ばして、『誓いの言葉』を言うときのように、白羽さんに真っ直ぐ向き合った。

「いえ、誰に許されなくても、私はコンビニ店員なんです。人間の私には、ひょっとしたら白羽さんがいたほうが都合がよくて、家族や友人も安心して、納得するかもしれない。でもコンビニ店員という動物である私にとっては、あなたはまったく必要ないんです」

こうして喋っている時間がもったいなかった。コンビニのために、また身体を整えないといけない。もっと早く正確に動いて、ドリンクの補充も床の掃除ももっと早くできるように、コンビニの「声」にもっと完璧に従えるように、肉体のすべてを改造していかなくてはいけないのだ。

「気持ちが悪い。お前なんか、人間じゃない」

吐き捨てるように白羽さんが言った。だからさっきからそう言っているのに、と思いながら、私は白羽さんに摑まれていた手をやっとはずして、自分の胸元で抱きしめた。

お客様にお釣りを渡し、ファーストフードをお包みするための大切な手だ。白羽さんの粘《ねば》っこい汗がついているのが気持ちが悪くて、これではお客様に失礼になってしまうと、早く洗いたくて仕方がなかった。

「絶対に後悔するぞ、絶対にだ！」

白羽さんはそう怒鳴って、一人で駅の方へと戻って行った。私は鞄《かばん》から携帯を取り出した。まずは面接先へ、自分はコンビニ店員だから行くことはできないと伝えて、それから新しい店を探さなくてはならない。

私はふと、さっき出てきたコンビニの窓ガラスに映る自分の姿を眺めた。この手も足も、コンビニのために存在していると思うと、ガラスの中の自分が、初めて、意味のある生き物に思えた。

「いらっしゃいませ！」

私は生まれたばかりの甥っ子と出会った病院のガラスを思い出していた。ガラスの向こうから、私とよく似た明るい声が響くのが聞こえる。私の細胞全てが、ガラスの向こうで響く音楽に呼応して、皮膚の中で蠢《うごめ》いているのをはっきりと感じていた。

解説

中村文則

（ネタバレを含みますので、先に本編を読んでください）

五感の使い分けが、まず印象的である。この小説は音の、つまり明確に聴覚の描写から始まる。

そこにはっきり視覚が入ってきて、現在の時間軸では、その後に味覚と嗅覚の言及がある。だが味覚と嗅覚のここでの言及は体感描写でなく、会話文であり、その主張の強さを否定する形で述べられる（主人公が味を特別に必要とせず、嗅覚の描写も、コンビニから離れた自宅で、白羽に対してほどしか出てこないと後にわかる）。

味覚の前に気温（温度）の記述もあるが、主人公は売り上げの知識として得るだけだ。温度は自宅にいる時と、主人公のコンビニ世界が揺らいだ時には会話文で淡泊に述べられるが、実際の温度の体感描写としてはっきり出て来るのは、実は主人公がコンビニ店員を「辞めた後」になる。触れる形での触覚の具体的描写も、後で述べるが極端にない。

つまり、生々しい、人間（生物）的なものより、無機質なものを好む主人公のキャラクターと、コンビニ／コンビニ店員という性質と、五感の濃淡が一致する形で表現されている。視覚と聴覚はコンビニ店員にとっては敏感になる感覚で、コンビニそのもの（色とりどりの商品、光、騒がしい音）の性質でもある。だがコンビニは中華まんなどを除けば基本的に匂いは薄く、温度も売り場はエアコンで一定で、食品も店員からすると（勤務時間では）食料ではなく商品で、肌触りもパッケージ化されたものが多く、基本的に無機質である。

店と人間、店と存在の関係を抽象的に表現するのではなく、このように五感の濃淡までさりげなく一致させているのは驚きに値する。

社会では、「普通」に生きることを（ものすごく面倒で厄介に）要求されるが、主人公はその「普通の人生」もマニュアル化していると看破する。

主人公は「普通の人生」をマニュアル化して生きることに欲求を感じていないが、コンビニにおける無機質で完全にマニュアル化された、シンプルで合理的な世界の中で動くことには欲求を感じている。この場所がスーパー（やや雑多で広く、パッケージ化されていない商品も多い）などでは、この主人公は惹かれなかったはずである。

しかし、主人公の元々の性質がそのままコンビニと一致した、とこの作家は小説を単純化はしない。ある種のアイデンティティも伝染し変わっていく、と主人公が述べるように、元々自宅は汚くても自身は清潔さを保っていたはずなのに、コンビニ店員を辞めた後の主人公はやはり「清潔さ」に頓着《とんちゃく》しなくなり、汚れたベランダに座るまでにもなる。

つまり主人公の元々の性質がコンビニと一致していただけでなく、「清潔」というコンビニの、そうであるべきアイデンティティが、主人公にも当然入り込んでいる。主人公は子供の頃は「唐揚げ」が大好きであるが、小説で語られる現在は味覚を（鶏肉をせっかく買った時も、描写から判断するに茹でている）それほど必要としなくなっており、印象的なシーンで「からあげ棒」が扱われるのもさりげなく象徴的であるが、主人公にとってはもう明確に「商品」となっている。主人公の元々の「好み」が、無機質なコンビニによって興味深い形で影響を受けている。

白羽は自分を苦しめる社会の論理で、他者を攻撃する人間である。彼から本来傷つくようなことを言われても、主人公はダメージを受けることがなく、主人公が強く揺れる時は、コンビニの世界が揺らぐ時だけだ。主人公も白羽も、一見人物をデフォルメ化することで物事の本質を抽出した描写に見えるが、そうとも言い切れない。

彼らの人物像に関する補強描写——たとえば白羽が「宗教みたいっすね」と言った時の、主人公の〝そうですよ〟の内面反射の速さ。このテンポとスピードは、さりげない描写でありながら、主人公のぶっきらぼうとも言える性格と合理性が素晴らしく表現されている——などにより、デフォルメ化されたように見える人物達が、ポップさとライトさを維持したまま、妙にリアルに、生々しく面前に迫って来る。こういう読書体験は、そうはない。

この小説をある意味ハッピーエンドと捉える人もいるかもしれないし、バッドエンドと捉える人もいるかもしれない。企業側から見れば、これほど「都合のいい」労働者はいないともいえる。では生き難《にく》さを抱えた人間が、巨大な社会システムの中で個を埋没させる話か、と言われれば、そうではないように思う。主人公の「個」は、「個」を本来それほど必要とされないコンビニという世界の中で、圧倒的に輝いている。

この「矛盾」を超越した領域を、この小説は一つの現象として、文学として描ききっているのではないだろうか。テーマとノリのバランスなども、奇跡的と言っていい。共感できたかどうか、この主人公を「ジャッジ」するかどうかの読み方も人によってはあるだろうが、この小説はそのような判断からも、文学として超越しているように感じる。

社会は多様性に向かっていると表面的には言われるが、この小説にある通り決してそうではなく、実は内向きになっている。社会が「普通」を要求する圧力は、年々強くなっているようにも思う。最後に赤ん坊が生まれて（もしくは妊娠で）終わる物語は小説に限らず非常に多く、僕は勝手にベビーエンドと内心呼んでいるのだが、社会が内向きになるにつれ、物語の世界も、ベビーエンドがさらに少しずつ増えている感触もある。

物語の必然からそうなる感動的なものもあれば、いわゆる「オープンエンド」というか、終わりを始まりのようにすることができるため、作り手が安易に乱発する傾向もあったりする。物語が、社会の「普通圧力」に予期せぬ形で加担してしまうことが、その良い面も悪い面も含め、実はあったりもする。

その文脈で「コンビニ人間」を読む時、このラストほど、この小説のテーマに相応《ふさわ》しいものはない。コンビニは作中「小さな光の箱」「透き通ったガラスの箱」などと表現されていたが、妹の赤ん坊と出会った病院のガラスを、この主人公ははっきり連想するのである。

もちろん、コンビニを「呼応する／世話をする」対象としてのベビーとも、主人公の生まれ直しとも、ラストはいかようにも取れるのだが、僕はこの最後を読んだ時、とても驚いた。こんな「ベビーエンド」が、かつて物語にあっただろうかと。

コンビニの内部が人間と同じように代謝していることや、妹の赤ん坊に指で触れる「触感」のシーン（こういう描写は恐らくあそこだけであり、小説内で非常に珍しい）が、まさか伏線にもなっていたということなのだろうか。そうだとしたら、これもまた凄《すさ》まじい。

この小説は、村田さんの会心の一撃だと僕は勝手に思っている。文学的な質の高さだけでなく、生き難さを増す「普通圧力」の社会に颯爽と登場した、まさに逆の意味で時代が生んだ小説でもある。「皆が不思議がる部分を、自分の人生から消去していく」という主人公の言葉などは、本当に染みるものがある。

村田さんとは、個人的に知り合ってから、もう結構長い。社会の「普通」を揺るがす作品を書き続けている村田沙耶香という存在は、僕にとって、とても重要で特別な存在だったりする。天然の爆発力のように見え、とても巧みだったりもする、非常に稀有《けう》な才能でもある。こういう作家が、同じ時代にいて本当に良かったと、僕はもうずっと思っている。

なおこの小説は第一五五回芥川賞を受賞し、様々な言語に翻訳されている。

（作家）

初出　「文學界」二〇一六年 六月号
単行本　二〇一六年七月　文藝春秋刊

文春文庫

コンビニ人間《にんげん》

定価はカバーに
表示してあります

2018年9月10日　第1刷
2025年7月31日　第41刷

著　者　村《むら》田《た》沙《さ》耶《や》香《か》

発行者　大沼貴之
発行所　株式会社　文藝春秋

東京都千代田区紀尾井町 3-23　〒102-8008
TEL　03・3265・1211(代)
文藝春秋ホームページ　https://www.bunshun.co.jp

落丁、乱丁本は、お手数ですが小社製作部宛お送り下さい。送料小社負担でお取替致します。

印刷製本・大日本印刷

Printed in Japan
ISBN978-4-16-791130-0

（　）内は解説者。品切の節はご容赦下さい。

赤川次郎
赤川次郎クラシックス
幽霊列車

山間の温泉町へ向う列車から八人の乗客が蒸発。中年警部・宇野は推理マニアの女子大生・永井夕子と謎を追う――。オール讀物推理小説新人賞受賞作を含む記念碑的作品集。（山前　譲）

あ-1-39

有吉佐和子
青い壺

無名の陶芸家が生んだ青磁の壺が売られ贈られ盗まれ、十余年後に作者と再会した時――。壺が映し出した人間の有為転変を鮮やかに描き出した有吉文学の名作、復刊！（平松洋子）

あ-3-5

芥川龍之介
羅生門《らしょうもん》 蜘蛛《くも》の糸《いと》 杜子春《とししゅん》 外十八篇

昭和、平成とあまたの作家が登場したが、この天才を越えた者がいただろうか？　近代知性の極に荒廃を見た作家の、光芒を放つ珠玉集。日本人の心の遺産「現代日本文学館」その二。

あ-29-1

浅田次郎　編
見上げれば 星は天に満ちて
心に残る物語――日本文学秀作選

鷗外、谷崎、八雲、井上靖、梅崎春生、山本周五郎……。物語はあらゆる日常の苦しみを忘れさせるほど、面白くなければならないという浅田次郎氏が厳選した十三篇。輝く物語をお届けする。

あ-39-5

朝井リョウ
武道館

【正しい選択】なんて、この世にない。「武道館ライブ」という合言葉のもとに活動する少女たちが最終的に〝自分の頭で〟選んだ道とは――。大きな夢に向かう姿を描く。（つんく♂）

あ-68-2

朝井リョウ
ままならないから私とあなた

平凡だが心優しい雪子の友人、薫は天才少女と呼ばれる。成長に従い、二人の価値観は次第に離れていき、決定的な対立が訪れるが……。一章分加筆の表題作ほか一篇収録。（小出祐介）

あ-68-3

阿部和重
オーガ（ニ）ズム（上下）

ある夜、瀕死の男が阿部和重の自宅に転がり込んだ。その男の正体はCIAケースオフィサー。核テロの陰謀を阻止すべく、作家たちは新都・神町へ。破格のロードノベル！（柳楽　馨）

あ-72-2

（　）内は解説者。品切の節はご容赦下さい。

彩瀬まる
くちなし
別れた男の片腕と暮らす女。運命で結ばれた恋人同士に見える花。幻想的な世界がリアルに浮かび上がる繊細で鮮烈な短篇集。直木賞候補作・第五回高校生直木賞受賞作。（千早　茜）
あ-82-1

朝比奈あすか
人間タワー
毎年6年生が挑んできた運動会の花形「人間タワー」。その是非をめぐり、教師・児童・親が繰り広げるノンストップ群像劇。無数の思惑が交錯し、胸を打つ結末が訪れる！（宮崎吾朗）
あ-84-1

五木寛之
蒼ざめた馬を見よ
ソ連の作家が書いた体制批判の小説を巡る恐るべき陰謀。直木賞受賞の表題作を初め、「赤い広場の女」「バルカンの星の下に」「夜の斧」など初期の傑作全五篇を収録した短篇集。（山内亮史）
い-1-33

井上　靖
おろしや国酔夢譚
船が難破し、アリューシャン列島に漂着した光太夫ら。厳寒のシベリアを渡り、ロシア皇帝に謁見、十年の月日の後に帰国できたのは、ただのふたりだけ。映画化された傑作。（江藤　淳）
い-2-31

井上ひさし
四十一番の少年
辛い境遇から這い上がろうと焦る少年が恐ろしい事件を招く表題作ほか、養護施設で暮らす子供の切ない夢と残酷な現実が胸に迫る珠玉の三篇。自伝的名作。（百目鬼恭三郎・長部日出雄）
い-3-30

色川武大
怪しい来客簿
日常生活の狭間にかいま見る妖しの世界——独自の感性と性癖、幻想が醸しだす類いなき宇宙を清冽な文体で描きだした、泉鏡花文学賞受賞の世評高き連作短篇集。（長部日出雄）
い-9-4

色川武大
離婚
納得ずくで離婚したのに、なぜか元女房のアパートに住み着いてしまって。男と女の不思議な愛と倦怠の世界を、味わい深い筆致とほろ苦いユーモアで描く第79回直木賞受賞作。（尾崎秀樹）
い-9-7

（　）内は解説者。品切の節はご容赦下さい。

受け月
伊集院　静
願いごとがこぼれずに叶う月か……。高校野球で鬼監督と呼ばれた男が、引退の日、空を見上げていた。表題作他、選考委員に絶賛された「切子皿」など全七篇。直木賞受賞作。（長部日出雄）
い-26-4

羊の目
伊集院　静
男の名はサイレントマン。神に祈りを捧げる殺人者——。戦後の闇社会を震撼させたヤクザの、哀しくも一途な生涯を描き、なお清々しい余韻を残す長篇大河小説。（西木正明）
い-26-15

南の島のティオ　増補版
池澤夏樹
ときどき不思議なことが起きる南の島で、つつましくも心豊かに成長する少年ティオ。小学館文学賞を受賞した連作短篇集に「海の向こうに帰った兵士たち」を加えた増補版。（神沢利子）
い-30-2

沖で待つ
絲山《いとやま》秋子
同期入社の太っちゃんが死んだ。私は約束を果たすべく、彼の部屋にしのびこむ。恋愛ではない男女の友情と信頼を描く芥川賞受賞の表題作。「勤労感謝の日」ほか一篇を併録。（夏川けい子）
い-62-2

あなたならどうする
井上荒野
「ジョニィへの伝言」「時の過ぎゆくままに」「東京砂漠」——昭和の歌謡曲の詞にインスパイアされた、視点の鋭さが冴える九篇。恋も愛も裏切りも、全てがここにある。（江國香織）
い-67-6

死神の精度
伊坂幸太郎
俺が仕事をするといつも降るんだ——七日間の調査の後その人間の生死を決める死神たちは音楽を愛し大抵は死を選ぶ。クールでちょっとズレてる死神が見た六つの人生。（沼野充義）
い-70-1

死神の浮力
伊坂幸太郎
娘を殺された山野辺夫妻は、無罪判決を受けた犯人への復讐を計画していた。そこへ人間の死の可否を判定する〝死神〟の千葉がやってきて、彼らと共に犯人を追うが——。（円堂都司昭）
い-70-2

（　）内は解説者。品切の節はご容赦下さい。

阿部和重・伊坂幸太郎
キャプテンサンダーボルト（上下）
大陰謀に巻き込まれた小学校以来の友人コンビ。不死身のテロリストと警察から逃げきり、世界を救え！　人気作家二人がタッグを組んで生まれた徹夜必至のエンタメ大作。（佐々木　敦）
い-70-51

伊吹有喜
雲を紡ぐ
不登校になった高校2年の美緒は、盛岡の祖父の元へ向う。羊毛を手仕事で染め紡ぐ作業を手伝ううち内面に変化が訪れる。親子三代「心の糸」の物語。スピンオフ短編収録。（北上次郎）
い-102-2

岩井俊二
番犬は庭を守る
原発が爆発し臨界状態となった国で生れたウマソー。成長しても生殖器が大きくならない彼に次々襲いかかる不運、悲劇、やがて見出す希望の光。無類に面白い傑作長篇。（金原瑞人）
い-103-3

内田春菊
ダンシング・マザー
戦前に久留米で生まれた逸子。華麗な衣装を縫い上げて、ダンスホールの華になるが、結婚を機に運命は暗転。情夫の娘への性虐待を黙認するに至った女の悲しき半生の物語。（内田紅甘）
う-6-17

内田英治
ミッドナイトスワン
トランスジェンダーの凪沙は、育児放棄にあっていた少女・一果を預かることになる。孤独に生きてきた凪沙に、次第に母性が芽生えていく。切なくも美しい現代の愛を描く、奇跡の物語。
う-37-1

江國香織
赤い長靴
二人なのに一人ぼっち。江國マジックが描き尽くす結婚という不思議な風景。何かが起こる予感をはらみつつ、怖いほど美しい十四の物語が展開する。絶品の連作短篇小説集。（青木淳悟）
え-10-1

江國香織・小川洋子・川上弘美・桐野夏生
小池真理子・髙樹のぶ子・髙村　薫・林　真理子
甘い罠
8つの短篇小説集
江國香織、小川洋子、川上弘美、桐野夏生、小池真理子、髙樹のぶ子、髙村薫、林真理子という当代一の作家たちの逸品だけを収めたアンソロジー。とてつもなく甘美で、けっこう怖い。
え-10-2